超级故事大王
CHAOJI GUSHI
DAWANG

骑士与海洋公主

QISHI YU HAIYANG GONGZHU

知识达人 编著

成都地图出版社

图书在版编目（CIP）数据

骑士与海洋公主 / 知识达人编著 . — 成都 : 成都
地图出版社 , 2017.1（2021.8 重印）
（超级故事大王）
ISBN 978-7-5557-0497-3

Ⅰ . ①骑… Ⅱ . ①知… Ⅲ . ①童话－作品集－世界
Ⅳ . ① I18

中国版本图书馆 CIP 数据核字 (2016) 第 224808 号

超级故事大王——骑士与海洋公主

责任编辑：赖红英
封面设计：纸上魔方

出版发行：成都地图出版社
地　　址：成都市龙泉驿区建设路 2 号
邮政编码：610100
电　　话：028 - 84884826（营销部）
传　　真：028 - 84884820

印　　刷：固安县云鼎印刷有限公司
（如发现印装质量问题，影响阅读，请与印刷厂商联系调换）

开　　本：710mm×1000mm　1/16
印　　张：8　　　　　　　**字　　数：**160 千字
版　　次：2017 年 1 月第 1 版　**印　　次：**2021 年 8 月第 4 次印刷
书　　号：ISBN 978-7-5557-0497-3
定　　价：38.00 元

目 录

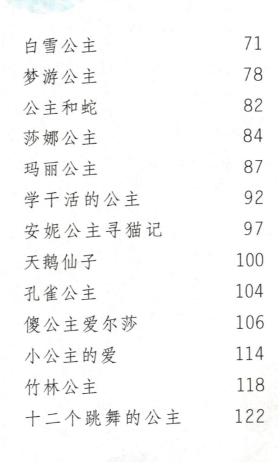

骑士与海洋公主

从前，在一座古老的城堡里，住着一个残暴的国王，他有一位忠诚于自己的骑士。由于国家太小太穷，国王一直没娶到妻子，而骑士穷得连一匹马都没有。

一天，国王派骑士去集市买一袋面粉。在回来的路上，骑士发现有一匹瘦兮兮的白马躺在地上奄奄一息，好像是饿坏了。骑士觉得白马很可怜，就把面粉全都喂给了他。

没多久，白马站起身，竟张口说话了："谢谢你，年轻人，我该怎样报答你的救命之恩呢？"虽然骑士知道自己遇

到了神马，但他并不贪心，只说想要回刚才那袋面粉，好向国王交差。于是，白马从嘴中将面粉完好如初地吐了出来，并成为骑士的坐骑。

一次，骑士骑着神马去森林打猎，在一棵大树上发现了一根红得像火的羽毛。

骑士立即惊呼起来："今天的运气实在是太好了！这是火鸟的羽毛，据说有了它，就可以拥有数不尽的财富。如果将其献给国王，他一定会非常高兴的。"说着，骑士便伸手去摘。然而神马却要阻止他，说："假如你拿了火鸟的羽毛，它将会给你带来灾祸。"骑士想了想，还是摘下了火鸟的羽毛，献给了国王。

国王非常高兴，从此变得富有起来。可吝啬的他并没有封赏骑士，反而变本加厉地对骑士说："既然你能取回火鸟的羽毛，那就说明你也能把火鸟给我捉回来。如果你做不到，就是不忠，死后将下地狱。"

骑士回到家，伤心地对神马说："我真后悔当初没听你的劝告，现在我该怎么办呢？"

　　神马听后，想了想，说："别难过，我有办法。你让国王给你一百袋谷子，然后你把这些谷子撒到田地里。"于是，骑士按照神马的办法，用谷子作为诱饵，捉住了火鸟。

　　然而，国王得到火鸟后，仍不满足，又对骑士说："既然你能捉住火鸟，就一定能为我找到世界上最漂亮的新娘。如果你做不到，就是不忠，死后将下地狱！"

　　这一次，神马让骑士从国王那儿要来了一顶金帐篷和一瓶葡萄酒。在夕阳西下的时候，骑士来到海边，在沙滩上撑起了金帐篷。

　　一会儿之后，美丽的海洋公主便被金帐篷吸引

来了。他们一边喝着葡萄酒，一边畅谈各自的理想。

聊着聊着，他们都深深地爱上了对方。骑士本想用葡萄酒将姑娘灌醉带回城堡，但他怎么忍心让海洋公主嫁给丑陋贪婪的国王呢？

最终，骑士把实情告诉了海洋公主。然而，海洋公主不但没有责怪他，还为他想出了一个惩治国王的办法。

海洋公主跟着骑士回到了城堡，她对国王说："尊敬的陛下，您如果想娶我，除非变成一个英俊的小伙儿。"国王听后，立即发起了愁，他沮丧地说："我也想变年轻，可谁能避免衰老呢？"

海洋公主说："陛下别伤心，我有一口神奇的铁锅，只要你在里面洗一个沸水澡，立即就会返老还童。"国王听后，乐得

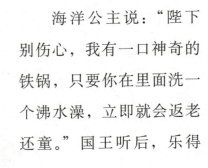

合不拢嘴，赶紧让士兵们在广场上架起铁锅，在下面升起熊熊的大火。

没多久，锅里的水就沸腾起来。可国王说什么也不敢下去。于是，他转身对骑士说："你效忠我的机会来了，你先下去试试。如果你死了，一定能上天堂的。"

于是，骑士跳进了沸水里，然后他变成了一位英俊的小伙子。

此时的国王乐得心花怒放，毫不犹豫地跳了进去。可他哪里知道海洋公主早已将铁锅的法力收回，一口普通的铁锅再也煮不出英俊的小伙子了。就这样，贪婪的国王被沸水烫死了。

最后，善良的骑士当了国王，他与海洋公主结为了夫妇，和神马一起过上了幸福的生活。

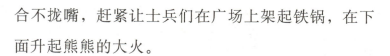

青鸟

　　从前，有一位既美丽又善良的公主名叫佛洛灵娜，她的母后死后，父王很快就另娶了一位妻子。这个女人也有一个女儿，名叫特露陀娜，长得又黑又丑。由于嫉妒佛洛灵娜的美貌，这对狠心的母女一直想方设法要把佛洛灵娜赶出王宫。

　　一天，邻国的夏尔蒙国王来这里挑选王妃候选人。新王后非常希望自己的女儿特露陀娜能嫁给他。可年轻的夏尔蒙国王对特露陀娜一点儿兴趣都没有，因为他和佛洛灵娜早已有了很深的情意。王后得知后，非常生气，发誓一定要阻挠夏尔蒙国王与佛洛灵娜在一起，于是她将佛洛灵娜关进了一座高高的塔楼里。然而，夏尔蒙国王还是知道了佛洛灵娜被关在塔楼里的消息。

之后，狠毒的王后又想出了一个让自己的女儿成为王妃的计划，她让特露陀娜代替佛洛灵娜住进了塔楼。在一个漆黑的夜晚，夏尔蒙悄悄地爬上了塔楼，想救出关在里面的佛洛灵娜。当他来到塔楼时，盖着头巾的特露陀娜装出娇滴滴的声音说："亲爱的，在你救我出去之前，你能不能把这份婚约签了呢？还有，别忘了给我戴上一枚订婚的戒指。"夏尔蒙国王听后，毫不犹豫地在婚约上签下了自己的名字，并给特露陀娜戴上了一枚名贵的戒指。

第二天一早，当夏尔蒙国王回到自己的王宫，揭开特露陀娜的头巾时，才知道自己上了当：美丽的新娘竟变成了又丑又黑的特露陀娜。夏尔蒙国王生气极了，立即将婚约撕成了碎片。可是，这一切都已经太晚了。特露陀娜已经拥有了夏尔蒙所赠的订婚戒指，按规定，她必须成为夏尔蒙国王的王后。但是，夏尔蒙国王仍不愿娶特露陀娜为妻。

当特露陀娜的母后得知夏尔蒙国王违背婚约的行为后，立即让巫婆将夏尔蒙国王变成了一只青鸟。夏尔蒙国王飞啊找啊，终于来到了佛洛灵娜身边。看到日思夜想的爱人正在默默地流泪，青鸟停在她身边，深情地说："亲爱的，我就是夏尔蒙国王啊。我因为拒绝与特露陀娜结婚，所以被巫婆变成了青鸟。但是，无论如何我也不会改变对你的爱恋。"

就这样，他们又开心地聊了起来，一起唱歌跳舞，青鸟还衔来许多玫瑰花送给佛洛灵娜。佛洛灵娜的脸上重新露出了甜美的微笑，她变得快乐起来。然而，狠心的王后怎么会让他们这么快活呢！

一天，王后假扮成佛洛灵娜的样子打伤了夏尔蒙变成的青鸟。夏尔蒙国王不知道真相，误以为佛洛灵娜抛弃了他，伤心地飞走了，再也没回来。后来，夏尔蒙国王幸运地遇到了一位好心的魔法师，终于恢复人形，回到了自己的国家。然而，特露陀娜担心夏尔蒙国王会夺走她手中的权力，将他软禁在了一间柴房里。

　　自从青鸟飞走后，佛洛灵娜就一直在苦苦地寻找夏尔蒙国王。一天，她在路上遇到了那位救过夏尔蒙国王的魔法师。魔法师送给她一个宝贝钱包，并告诉她如何救出夏尔蒙国王。不久，佛洛灵娜扮成魔术师来到特露陀娜所控制的夏尔蒙王宫，把宝贝钱包作为礼物送给了特露陀娜，以此要求住进王宫。特露陀娜十分高兴，答应了她的请求。

　　当天晚上，佛洛灵娜悄悄来到柴房，将后母扮成自己模样打伤青鸟的真相告诉了夏尔蒙国王。夏尔蒙国王这才恍然大悟，和佛洛灵娜一起逃出了王宫。第二天一早，夏尔蒙国王来到广场，向臣民们揭露了特露陀娜软禁自己的种种罪行，并且废除了特露陀娜的王后身份。从此以后，夏尔蒙国王与佛洛灵娜公主幸福地生活在一起，再也没有分开。

天鹅湖

从前，有一位英俊而勇敢的王子，名叫齐格夫，他很喜欢打猎。

一天，齐格夫被一只自己正在捕猎的兔子带进了森林。齐格夫在后面紧追不舍，就在快要追上兔子时，他举弓射击。谁知，兔子却一下子没了踪迹，这太不可思议了。

齐格夫失望极了，他抬头一望，才发现自己已经不知不觉地来到了天鹅湖边。

天鹅湖的水清澈见底，湖面上还有一群洁白的天鹅在翩翩起舞。

　　齐格夫看得入了迷，他被那些美丽而高贵的天鹅吸引住了：她们的舞姿是那么轻盈，那么优美。

　　当太阳隐去最后一束光芒时，傍晚来临了。那些天鹅竟然全部变成了美丽的姑娘。其中，那只最美的天鹅变成了头戴王冠的公主。

　　齐格夫吃惊极了，他缓缓地走过去，好奇地问公主："美丽的姑娘，这到底是怎么一回事啊？"

　　公主看到英俊的齐格夫，不禁流下了眼泪。她伤心地说："我原本是一位公主，名叫兰妮。我因不愿嫁给丑陋的巫师罗特巴，被他下了诅咒。他把我和我的侍女们变成了天鹅，我们只有等到晚上才能变回人形。"

　　齐格夫听后，愤怒地说："这罗特巴实在是太可恶了！我一定要去打败他，为你们消除诅咒，让你们变回人形。"

　　就在这时，罗特巴变成了猫头鹰从树林里飞了出来。他

咆哮着对齐格夫说："大胆的齐格夫！我看你是活得不耐烦了，竟敢破坏我的好事。我今天一定要你见识见识我的厉害。"说着，猫头鹰凶狠地向齐格夫扑了过来。

然而，齐格夫并没有因此而畏惧。他抽出宝剑，勇敢地向猫头鹰刺去。

猫头鹰躲闪不及，剑深深地扎进了他的体内。猫头鹰哀号了两声，拖着血淋淋的身子逃走了。

后来，兰妮公主告诉齐格夫："您如果真心想要为我解除魔咒，就必须当着众人的面向我求婚。"

齐格夫早就爱上了公主，他毫不犹豫地答应了："亲爱的，不用担心，明天晚上请来我的王宫吧。我会为你举行一场盛大的舞会，然后当着所有人的面，向你求婚。"

齐格夫说完后，依依不舍地告别了兰妮公主，骑着马回到了王宫，静静等待着幸福时刻的来临。

　　第二天晚上，齐格夫遵照承诺，精心为兰妮公主举行了一场盛大的舞会，并邀请了许多达官显贵，让他们一起见证他与兰妮公主的婚礼。

　　然而，大家等了好久也不见兰妮公主到来。齐格夫失望极了，呆呆地望着大门，脸上充满了惆怅。直到舞会快结束的时候，兰妮公主才姗姗来迟。

　　这时，齐格夫看到美丽的兰妮公主后，什么话也没说。他缓缓地走上前，轻轻地握着兰妮公主的手，与她跳起了欢快的舞蹈。他们真挚的感情、甜美的笑容，感染了在场的每一个人。

　　一曲结束后，齐格夫高兴地把兰妮公主领到殿台上，举起她的手，大声宣布道："这就是我的新娘——美丽而善良的兰妮公主。"

　　话音刚落，门外就传来一个急促的声音："齐格夫王子，请等一等！你旁边的女孩是罗特巴的女儿变的，我才是真正的兰妮公主！"齐格夫回头

一看，心里一下子疑惑起来。

怎么又出现了一个兰妮公主呢？她们俩谁才是真正的兰妮公主呢？

不过，聪明的齐格夫很快就从门外那个姑娘哀伤的眼神中找到了答案，她才是真正的兰妮公主。

齐格夫毫不犹豫地推开了身边的假公主，跑过去与兰妮公主相拥在一起。

假兰妮公主见齐格夫识破了自己的阴谋，便迅速变回原来的样子——一个丑陋而狠毒的女人。

她冲着齐格夫高声地嘲笑道："哈哈哈，齐格夫，你已经向我求过婚了，兰妮身上的咒语你是永远也不可能解除了。"齐格夫听完，绝望地跪在地上，心里懊悔极了。

不久，巫师罗特巴也出现了，他高高举起手中的长剑向

齐格夫砍去。齐格夫迅速拔出宝剑，和罗特巴激战起来。经过激烈的搏斗，齐格夫一剑刺中了罗特巴的心脏。

倒在血泊中的罗特巴恶狠狠地冷笑道："齐格夫，我虽然快死了，可你再厉害也休想解除我对兰妮的诅咒！"

当兰妮公主得知诅咒永远也不能解除时，她绝望地跑出了王宫，跳进了天鹅湖，重新变成了一只天鹅。

齐格夫伤心极了，他追了出去，也跟着兰妮公主跳进了天鹅湖。

黎明时分，两个人影缓缓地浮出了水面，他们正是兰妮公主和齐格夫王子。他们在湖里尽情欢笑。

原来，是他们忠贞的爱情感动了上天，巫师的诅咒终于被解除了。

美女与野兽

从前，在森林深处有一座古老的城堡，里面住着一位王子。他十分英俊，金色的头发像太阳一样耀眼，蓝色的眼睛犹如清澈的溪水，潺潺动人。

然而，王子有一个坏毛病，那就是他太骄傲了，从不把别人放在眼里。

在一个寒冷的冬天，城堡外来了一个可怜的老婆婆。她衣衫褴褛，颤颤巍巍地来到城堡前，请求王子让她到城堡里烤烤火，暖暖身子。

自私的王子狠心地拒绝了她的请求，还嘲笑老婆婆是个难看的丑八怪。

老婆婆生气极了，她立刻变成了一个可怕的女巫。

女巫为了惩罚王子，就把王子变成了一只丑陋的野兽。让他再也不能因为自己英俊的外表而骄傲了。

女巫还对王子诅咒说："如果你在二十一岁生日的时候，还没有学会爱别人，或者没有被别人爱上的话，那么你房间里的那朵娇艳火红的玫瑰花就会凋谢。从此以后，你将永远无法恢复成原来的样子！"

女巫说完，挥挥袖子不见了。王子坐在地上抱头痛哭，看着自己丑陋的样子，他后悔不该对女巫那么无礼。

当人们看到一头野兽出现在城堡时，都纷纷逃离了这个国家。

从此，王子变成的野兽整日以泪洗面，过着孤独的生活。他的身边再也没有了鲜花和赞美，只有人们的嘲笑和谩骂。

　　为了尽快恢复原样，野兽曾帮助过落水的小孩、摔跤的老人，甚至是受伤的毛虫。可不知道是什么原因，大家都不喜欢他，总是离他远远的。因为不管他怎么做，毕竟还是一只令人生畏的野兽。

　　在离城堡不远的村子里，住着一位美丽善良的姑娘——贝儿。她自幼丧母，和父亲相依为命，过着清贫的生活。

　　然而，贝儿从来没有抱怨过。她甜美的微笑、热情的话语，总能给周围的人带来温暖和信心。

　　一天，贝儿的父亲去森林打猎，误进了野兽的城堡，结果被野兽逮个正着，关进了牢房里。

　　贝儿得知后，骑着马赶到了城堡，四处寻找父亲的下落。

　　野兽发现了她，便恶狠狠地说："我把你父亲关起来了。如果你想救出你父亲，就必须代替他留下来。"

　　勇敢的贝儿为了救父亲，想也没想就答应了野兽的条件。

　　一天夜里，贝儿趁野兽不在家，偷偷地逃出了城堡。谁知她刚跑进森林里，就被一群野狼盯上了。它们张着血盆大口，露出锋利的牙齿，咆哮着向贝儿冲了过来。

　　就在这万分危急的时刻，野兽赶来了。他挥舞着爪子与野狼们展开了殊死搏斗。最后，野狼们被赶跑了，可他自己却受了伤。

　　贝儿觉得野兽虽然长得丑陋，但心地很善良。于是，她鼓起勇气，将受伤的野兽扶回了城堡。

　　在贝儿的悉心照顾下，野兽很快就康复了。从此，他们成了无话不说的好朋友。

　　因为离家太久了，贝儿一直想回家看看父亲。野兽得知后，答应了她的请求。

临走时，野兽将自己的魔镜送给了贝儿："你把魔镜带回去吧。如果你想我了，就可以从里面看到我。"贝儿愉快地收下了魔镜，告别了野兽。

贝儿回到村子，看到了意想不到的情况。村民们拿着绳子，准备将贝儿的父亲捆起来。

原来，父亲把城堡里有野兽的事情告诉了村民，让大家前去攻打城堡救出贝儿。可大家都不信，以为他疯了，这才来绑他。

为了救父亲，贝儿无奈地拿出了魔镜，让村民们看到了镜中的野兽。

这时，村民们才恍然大悟，相信了贝儿父亲的话，嚷着要去城堡，消灭野兽。

村民们带上锄头、镰刀等农具，朝城堡冲去。

贝儿急坏了，她不停地向村民们解释，说野兽心地善良，善解人意，信守承诺，并不像他们想的那么凶残。

可村民们根本就听不进去，他们一个劲儿地往城堡赶，把贝儿远远地甩在身后。因为在他们心中，野兽是异类，就应该被消灭。

当贝儿赶到城堡时，已经有很多村民被野兽打伤了。

贝儿难过地哀求道："求求你，别再伤害这些无辜的村民了！"野兽听到贝儿的话，立即停了手。

然而，就在这时，一个村民趁野兽不备，把匕首狠狠地刺进了野兽的后背。野兽痛苦地倒在地上，无助地呻吟着。

渐渐地，玫瑰花开始枯萎，花瓣一片片地像雪花一样掉落下来。贝儿难过地扑上去，跪倒在野兽的身旁，哀求道："不要死，求求你不要死，我爱你！"贝儿的话刚说完，奇迹发生了，野兽不见了，躺在地上的是一位英俊的王子。

王子深情地问道："善良的姑娘，你愿意做我的新娘吗？"

贝儿含着眼泪高兴地吻了吻王子的手："亲爱的王子，我非常愿意！"就这样，贝儿和王子幸福的生活在了一起。

公主的诺言

很久很久以前，遥远的南方有一个四季开满鲜花的国度，那里住着一位比鲜花还要漂亮一百倍的小公主！

每天，小公主都要到王宫的后花园去玩耍。花园的后面是一片大森林，那里长满了高大的树木，每一棵树的年龄都在一百岁以上，森林里还住着各种可爱的小动物。可小公主从来不敢到这片大森林里去玩。

一天，花园里飞来了一只美丽的小鸟。"多漂亮的小鸟呀！"小公主朝小鸟跑去。小鸟飞呀飞呀，竟然带着小公主来

到了森林深处。

天渐渐黑了，小鸟也不见了，小公主害怕地哭了起来。这时，走过来一个牧羊少年，他说："公主，我带你走出森林吧。不过你必须在结婚前一晚，到后花园的玫瑰花丛边见我一面。"

小公主答应了，牧羊少年便将小公主送出了森林。

十年后，小公主长大了，要出嫁了。举行婚礼的前一天晚上，天空下起了暴雨，小公主想起了自己曾经许下的诺言，冒着雨来到后花园的玫瑰花丛边。

"公主，你是个信守诺言的人，我会为你祝福的。"牧羊少年说完，变成了一个小仙女，原来她是诚信仙女！

小公主因为遵守了诺言，她得到了仙女的祝福，从此过着非常幸福的生活。

睡美人

很久以前，在一座美丽的王宫里，住着善良的国王和王后，他们过着幸福而快乐的生活。

然而，对他们来说，唯一的遗憾就是一直没有一个孩子。

为此，国王和王后都很着急，他们日日夜夜向上帝祈祷，希望能早日得到一个活泼可爱的孩子。

终于，上帝被他们的虔诚所感动，赐给他们一个漂亮的小女孩。有了孩子，国王和王后可高兴了。他们为孩子的出生举行了盛大的宴会，还邀请了许多好朋友来给孩子祈祷祝福。其中，有十二个快乐的女巫也在邀请之列。

这天，他们很早就来到了王宫，为小公主送上了

美好的祝福。

第一个女巫说："祝福小公主像玫瑰花一样美丽！"

第二个女巫说："祝福小公主像冰雪一样纯洁无瑕！"

第三个女巫说："祝福小公主像小狮子一样健康！"

第四个女巫说："祝福小公主像百灵鸟一样快乐无忧。"

第五个女巫说："祝福小公主像小白兔一样善良可爱。"

……

就这样，十一个女巫轮流向小公主送上了祝福的话语，这让国王和王后备感欣慰和快乐。

然而，到最后一个女巫说祝福语时，发生了一件令人意想不到的事情。

原来，一个女巫因没有受到国王和王后的邀请，气冲冲地闯进王宫，冲着小公主大声诅咒道："小公主会在十五岁那年被纺针刺死！"说完，女巫带着嘲笑走了。

听了这话，原本还很开心的国王和王后陷入绝望中。刚才还热闹祥和的气氛，一下子变得冷清起来。

这时，最后一个还没有送出祝福的女巫安慰他们道："尊贵的国王和王后，你们放心吧，公主十五岁时并不会被纺针刺死，她只是突然睡着了。等到爱她的王子出现时，一切都会好起来的。"

虽然有了女巫的安慰，但国王还是忧心忡忡。他下令烧掉了全国所有的纺车，也不许任何人向小公主提起纺车。

转眼间，十五年过去了。小公主在十五岁生日这天，来到了花园，她在一间木屋中发现了一架破旧的纺车。

小公主从来没有见过纺车，觉得很好奇，便伸出手去摸。

小公主的手刚刚碰到纺车，她就立刻昏倒在地上。

国王赶到后，无奈地叹息道："我把全国的纺车都烧掉了，可公主还是难逃女巫的诅咒，这真是太不幸了。"

接着，国王连忙请来第十二个女巫，把公主的不幸告诉了她，希望她能想个办法让公主醒过来。

女巫得知后，什么也没说。她拿出魔杖，一边挥动，一边口念咒语。顷刻间刮起一阵大风，绕过王宫吹了过去。

不久，奇怪的事情发生了。王宫里的一切都静止了：喷泉停止了流动，水池里的鱼儿停止了游动，鸟儿停止了飞翔，猫狗停止了脚步，厨房里的佣人端着盘子睡着了……

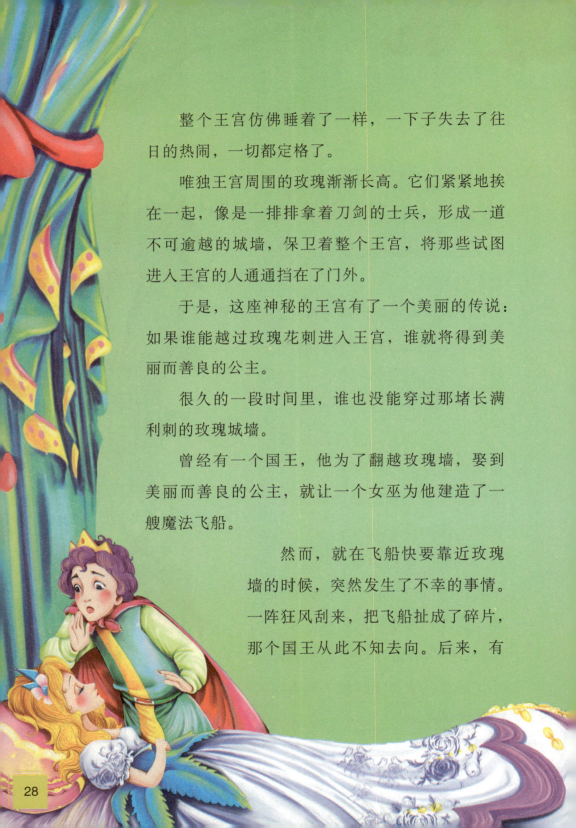

整个王宫仿佛睡着了一样，一下子失去了往日的热闹，一切都定格了。

唯独王宫周围的玫瑰渐渐长高。它们紧紧地挨在一起，像是一排排拿着刀剑的士兵，形成一道不可逾越的城墙，保卫着整个王宫，将那些试图进入王宫的人通通挡在了门外。

于是，这座神秘的王宫有了一个美丽的传说：如果谁能越过玫瑰花刺进入王宫，谁就将得到美丽而善良的公主。

很久的一段时间里，谁也没能穿过那堵长满利刺的玫瑰城墙。

曾经有一个国王，他为了翻越玫瑰墙，娶到美丽而善良的公主，就让一个女巫为他建造了一艘魔法飞船。

然而，就在飞船快要靠近玫瑰墙的时候，突然发生了不幸的事情。一阵狂风刮来，把飞船扯成了碎片，那个国王从此不知去向。后来，有人说国王去了天国，也有人说国王不该有那样的非分之想，因此下了地狱。

在一个很远的王国里，有一位英俊而勇敢的王子。一天，王子听说了这个美丽的传说，便骑着高大的白马来到了玫瑰城墙前。奇怪的是，玫瑰城墙竟然自己慢慢地让开了。就这样，王子顺利地进入了王宫。他穿过花园，终于来到了公主的身旁。

"啊！多么美丽高贵的人哪！"王子看到美丽的公主，情不自禁地在公主的脸颊上亲吻了一下。就在这时，公主慢慢地睁开了眼睛，苏醒了过来，她害羞地望着王子微笑。

这时，一阵暖风从王宫外吹了进来，一切重新恢复了活力：喷泉哗哗地开始流动，水池里的鱼儿摆动着尾巴欢快地吐着泡泡，佣人们在厨房里忙着做晚餐……

不久，国王就为这一对幸福的人举行了隆重的婚礼。那十二个女巫再次被请到了王宫，所有的人都祝福他们永远幸福快乐！整个王宫沉浸在欢乐的海洋中。

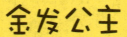

金发公主

从前，有一位公主长得十分漂亮。她金色的头发像太阳一样耀眼，雪白的肌肤犹如冰雪般白皙。她的高贵气质，就连玫瑰见了也会低下头，自叹不如。

更可贵的是，公主还有一颗纯洁善良的心。

因此，人们一见到她，都会尊敬地叫她"金发公主"。

邻国的国王见到她后，便爱上了她。为了追求金发公主，国王派出全国最英俊、最聪明的小伙子阿韦南做他的使节，代表自己向金发公主求婚。

在为国王求婚的路上，阿韦南路过一个池塘时，看见一条金色鲤鱼因跳起来捕虫而落在了岸边。

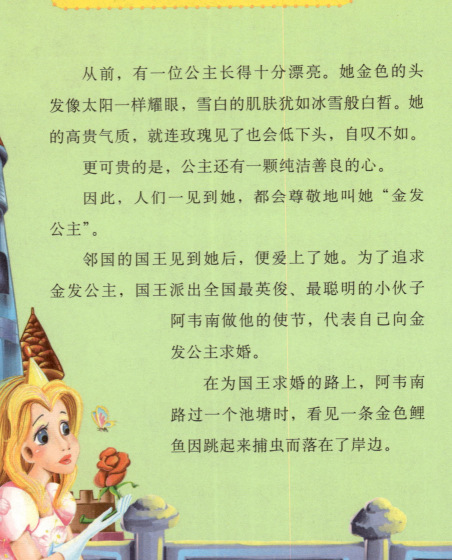

金色鲤鱼奄奄一息地叫着："谁来救救我呀，我快渴死了。"善良的阿韦南急忙跑过去，将金色鲤鱼放回了池塘。

金色鲤鱼感激地说："谢谢你，阿韦南！你的好心会有好报的。"

阿韦南向前走了不久，遇见一只正被老鹰追赶的乌鸦。阿韦南立即用箭赶走了老鹰，救了乌鸦。

乌鸦飞过来落在阿韦南的肩头，说："谢谢你，阿韦南！你的好心会有好报的。"

又有一天，善良的阿韦南在树林里救了一只被罗网困住的猫头鹰。

猫头鹰也感激地对阿韦南说道："谢谢你，阿韦南！你的好心会有好报的。"

经过几个月的长途跋涉，阿韦南终于来到了金发公主的王宫。

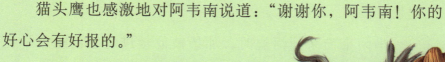

当金发公主得知他的来意后，便向他提出了三个要求：

第一，从河里打捞出金发公主的一枚戒指；第二，进入森林，杀死凶恶的巨人；第三，从火龙守护的洞穴里取回健美水。

为了帮国王娶到金发公主，阿韦南毫不犹豫地接受了这三个条件。他一刻也不敢耽误，背着弓箭，带着小狗就出发了。

当阿韦南来到河边时，那条被他救过的金色鲤鱼早已等候多时了。金色鲤鱼一见到他就说："好心的阿韦南，我有礼物送给你，希望它能帮你渡过难关。"

说完，金色鲤鱼一头扎进水里，将金发公主丢失在河里的那枚戒指交给了阿韦南。

　　就这样，阿韦南在金色鲤鱼的帮助下，顺利地完成了第一个任务。

　　接着，阿韦南又马不停蹄地赶到了一望无际的森林。巨人见了阿韦南，嘲笑着说："你这个该死的小矮子，竟然也敢来挑战我。要知道，我一脚下去，就能把你踩成肉饼。"

　　阿韦南听了，毫无惧色，他拉满弓狠狠地向巨人射出了一支箭。不料，巨人用手轻轻一挡，把箭杆折成了两截儿。

　　就在这时，那只曾被他救过的乌鸦飞来相助，用宝剑一样锋利的嘴啄瞎了巨人的眼睛。

　　阿韦南看准时机，一箭射过去，正中巨人的心脏，杀死了凶恶的巨人。阿韦南完成了第二个任务。

　　最后，阿韦南在他救过的那只猫头鹰的帮助下，躲开了凶恶的火龙，顺利地取到了健美水。

当阿韦南带着戒指、巨人的尸体、健美水三件东西出现在金发公主面前时，金发公主既感动又佩服，她简直不敢相信自己的眼睛。

最终，公主信守承诺，答应了阿韦南的请求，同意和国王结婚。

然而，金发公主见到自私而丑陋的国王时，一点儿也不喜欢他，因为她心里真正爱的其实是阿韦南——那个英俊、勇敢、聪明的小伙子。

当国王知道了金发公主的心思后，便将阿韦南关进了监狱。

国王想："我有这么高贵的血统，有这么至高无上的权利，为什么金发公主还会喜欢像阿韦南那样的穷光蛋呢？"

国王思索了一会儿，立即明白了："哦，我知道了，金发公主一定觉得我不够英俊，才不肯接受我，我一定要变得英俊起来！"

想到这里，国王派人把金发公主那瓶能让人变美的健美水偷了回来。然而，他并不知道，他使用的那瓶根本就不是健美水。原来，几天前，女仆不小心将装健美水的瓶子打翻了，健美水全洒在地上了。女仆怕金发公主责备，就偷偷地将国王房里用来惩罚坏人的死亡水倒进了瓶里。

当国王用瓶子里的水洗脸时，他很快就昏死过去。

最后，善良而勇敢的阿韦南被士兵们放了出来，并且被臣民们推选为新的国王，谁也不能阻止金发公主和阿韦南相爱了。在臣民的欢呼声中，他们举行了隆重的婚礼，幸福地生活在一起。

豌豆上的公主

　　从前，有一位非常英俊的王子，一心想娶一位真正的公主为妻。于是，他在王宫的大门口贴上了这样一则告示：

　　"本王子一直在寻找一位真正的公主。倘若你就是，那么请来我的王宫吧，我发誓一定会给你幸福！"

　　告示贴出不久，很多姑娘都赶到了王宫。在与王子的交谈中，姑娘们都纷纷说自己是真正的公主。虽然她们都长得很漂亮，看起来也非常高贵，但是王子对她们的感觉总是怪怪的。

　　几天后，王子发现这些自称公主的姑娘其实都不是真正的公主。因为她们中有的对小狗小猫大喊大叫，有的则背着王子说他的坏话，还有的甚至对父母漠不关心。她们怎么可能是真正的公主呢？

　　找不到真正的公主，王子很郁闷，他始终不肯迁就母后，与其中任何一位姑娘结婚。就这样，王子整日待在王宫里，一点儿也不开心，还总是望着天空发呆，因为他不知道什么时候才能找到真正的公主。

　　在一个暴风雨的夜里，王子和家人正围坐在火炉前烤火。这时，城堡的大门被人敲响了。

　　"这种天气还有谁会来拜访呢？"大家很惊讶，忙叫一个卫兵和一个小侍女

前去察看。

卫兵打开城堡的大门一看，门外竟站着一个浑身被雨淋湿的姑娘。虽然姑娘看起来有些狼狈，但她长得十分漂亮，那些打在她身上的雨水根本无法遮掩她高贵的气质。接着，她很有礼貌地对卫兵说："好心人，我是邻国的一位公主。我在路上遇上了暴风雨，请问我能进去借住一晚吗？"

卫兵见姑娘湿淋淋的样子，心想："这姑娘浑身都湿透了，一点儿也不像公主，一定是个冒牌的，我可不能把她放进城堡。"

于是，卫兵挥着长矛，凶巴巴地对姑娘说道："快走开，快走开！这里可是王宫，不是镇里的旅店。"姑娘失望极了，流着泪转身就要离开。

侍女见姑娘很有礼貌，却遭到了卫兵的拒绝，心里十分不平。她忙对卫兵说："你怎么能这样无礼！假如我们的王子被雨淋了，你也

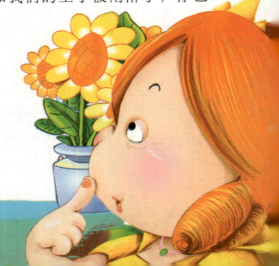

认为他不是王子吗？"

　　卫兵听小侍女这么一说，一下子羞红了脸。他赶紧跑进王宫，把姑娘的来历通报给王后。

　　王后听说来了一个自称公主的姑娘，急忙跟着卫兵来到城外，仔细打量这位美丽的姑娘。然而看了半天，她始终不能确定姑娘究竟是不是真正的公主。不过，王后很快就想到了一个好办法，可以证实姑娘的身份。

　　王后来到一间卧室，将柔软的被褥挪开，在床榻上放了一粒小豌豆，然后在豌豆上面放上二十床非常柔软的垫子。最后，再在这些垫子上铺上二十床非常软和的鹅绒被。当这一切都做好后，王后就把姑娘安排到这间卧室里休息。

　　第二天一大早，姑娘就起床了。早已等候在门外的王后一见到她，就问："亲爱的公主，昨天晚上你睡得还好吗？那些柔软的被褥一定很舒服吧？要知道，它们都是用名贵的天鹅羽毛做成的。"

　　姑娘揉揉腰，红着脸，不好意思地说："说实话，昨晚我睡得一点儿也不好。床上好像有个什么小东西，硌得我的腰很难受，害得我整夜没有合眼。尊贵的王后，希望您能原谅我的实话给您带来的不敬。"

谁知，王后听后，不但不生气，反而兴奋地说："上帝啊，感谢您把真正的公主送到了我们城堡，我该怎么感谢您呢？"

接着，王后来到了王子身边，激动地对王子说："孩子，我终于为你找到了真正的公主！"

王子听王后这么一说，忙问："公主在哪儿？"

王后回答说："昨晚那个姑娘就是你一心一意想要找的公主！"

王子不解地问："母后为什么那样肯定呢？"

王后解释说："在二十床柔软的垫

子和二十床软和的鸭绒被下放一粒小小的豌豆，她都能感觉得到。除了真正的公主外，没有人能有如此细嫩而敏感的皮肤。"

听了王后的解释，王子半信半疑地接受了这个自称是公主的姑娘。

后来，经过一番观察，王子惊奇地发现：公主不仅美丽，举止得体，而且非常善良。她一见到有困难的人，总是给予真诚地帮助，从不计较回报，一点儿公主的架子都没有。因此，公主深受臣民的爱戴，大家一提到她的名字，都会虔诚地朝王宫拜一拜。

一天，王子手持玫瑰，来到公主的房间。他轻轻地握住公主的手，深情地问道："美丽的公主，你愿意嫁给我吗？我发誓一定会给你幸福。"

公主羞涩地点点头，答应了王子的求婚。

不久，国王就为这对幸福的人举行了隆重的婚礼。全国的臣民纷纷赶来参加，并为他们送上美好的祝福。

真正的新娘

　　在一座美丽的城堡里，住着一个善良的女孩。女孩在很小的时候就失去了父母，成了一个无家可归的孤儿。幸好一个善良的女巫收留了她，女巫不仅教授给她一些魔法，还给她修建了这座美丽的城堡。

　　十几年过去了，女孩渐渐长大了。现在的她早已成为一个亭亭玉立的少女。她的善良与纯真就像春天里盛开的玫瑰，散发着阵阵迷人的芳香。为此，许多达官贵人纷纷慕名而来，都想娶她为妻，给她享受不尽的荣华富贵。

　　然而，女孩对他们一点儿兴趣也没有。虽然他们衣着华丽，谈吐不凡，但他们的内心无比黑暗，全是些自私自利的阴险小人。

　　有一天，一个英俊的王子在城堡附近游玩。为了帮助一位老婆婆采野草莓，他不慎在森林里迷了路。女孩得知后，赶紧来到王子的身边，带着王子找到了回家的路。

　　在这次偶遇中，女孩和王子一见钟情。他们都深深地爱上了对方，并相互交换了定情的信物。

　　短暂的相聚后，王子依依不舍地离开了女孩，因为他要回王宫，他不想让国王担心。临走前，他紧紧地握着女孩的手，说："我亲爱的新娘，请你在这里等着我。我回去向父王禀报后，很快就来接你去王宫。"

　　女孩难过地在王子的左脸颊上亲吻了一下，说："亲爱的王子，我等着你回来，记得不要让任何人亲吻你的左脸颊。"女孩说完，目送王子出了城堡，直到王子消失在茫茫的远方。

　　从此以后，女孩就开始了漫长的等待。每天，女孩都要站在高高的塔楼上眺望远方，默默等候王子的归来，直到夕阳西下。

　　女孩就这样等啊等，日子一天天地过去了，可姑娘依旧没有见到王子的身影。女孩开始焦虑起来："王子会不会是在路上出了意外呢？"想到这里，女孩从衣柜里挑出三件最漂亮的衣服，收拾好行李，准备去寻找心爱的王子。

　　一年过去了，两年过去了，很快第三年也过去了。女孩走了很多地方，问了很多人，却没有王子的一点儿音信。

　　一天，女孩看见一只黄鹂在欢快地歌唱，便走上前，向她打听王子的下落："美丽的黄鹂呀，你知道我的心上人在哪儿吗？"黄鹂叽叽喳喳地回答说："可怜的姑娘呀，你的心上

人早已变了心，娶了一个丑陋的公主为妻，你快回去吧。"女孩听黄鹂这么一说，别提有多伤心了。然而，她没有放弃寻找王子，又踏上了路途。

不久，女孩所带的路费就用完了。她只好一边帮别人放羊，一边继续打听王子的消息。

一天，邻国的公主举行婚礼，当公主的马车路过女孩放羊的地方时，她一眼认出了坐在马车上的新郎正是她苦苦寻找的王子。

"难道他真的已经变心，把我忘记了吗？"女孩伤心地望着王子远去的背影，暗自流泪。

两天后，王宫里为王子和公主举行三天隆重的庆祝盛宴。为此，国王和王后邀请了许多客人来参加。女孩心想："我一定要最后试一次，如果他仍然想不起我，我就放弃。"

于是，女孩打开自己的包裹，穿上了一件有金色太阳图案的衣服。经过一番精心打扮，女孩缓缓地步入了王宫。

宴会上，所有人都被女孩的美丽折服了。王子走过来邀请她跳舞，一曲又一曲。整个晚上王子只愿意和她跳舞，竟忘了身边的新娘。

　　新娘生气极了，她妒忌地看着王子和女孩双双起舞，一点儿办法也没有。即使她身上穿着华丽的衣服，也无法遮掩她那丑陋的外表和凶残的内心。最后，新娘愤愤地走出了大殿，羞得无地自容。

　　第二天，女孩穿上一件缀满了星星的衣服，每走一步，衣服都会闪闪发光。女孩刚跨进宴会大厅，王子又赶忙走过来邀请她跳舞。

　　第三天晚上，女孩换上一件有银色月亮图案的衣服。衣服的裙摆上镶满了闪闪发光的宝石，轻轻转动的时候，会折射出七彩的光芒。

　　女孩还在头上插了一朵百合花。她看起来美丽极了，像

仙子一样动人。然而，宴会即将结束时，王子依然没有想起女孩。想到从此以后再也见不到心爱的王子了，女孩的泪水像断了线的珍珠，不停地掉落下来。

临走前，她绝望地在王子的左脸上亲吻了一下。让人高兴的是，奇迹发生了。王子终于清醒过来，认出了眼前这个女孩正是他的心上人。此时的王子既吃惊又惭愧，他拉着女孩的手，哭诉道："亲爱的，对不起，我并不是有意违背诺言，而是邻国的公主爱上了我，并给我施了魔法，让我忘记了过去。你能原谅我吗？"女孩听了，什么也没说，甜蜜地扑进了王子的怀抱。

接着，王子牵着女孩的手大声向来宾宣布："这位姑娘才是我真正的新娘。"说完，王子和女孩跑出了王宫。那迷人的花香随着微风扑鼻而来，属于他们的幸福从此开始了。

两个公主

从前有一个国王，他有两个漂亮的女儿，一个女儿是死去的王后生的，名叫安。安生性天真可爱，深受国王的宠爱。另一个女儿是他刚娶的新王后带过来的，名叫凯特。凯特宽容大度，知书达理，是新王后的心肝宝贝。

凯特是姐姐，安是妹妹。虽然她们不是同一个母亲所生，但她们之间的感情比亲姐妹还要深。安和凯特从来没有斗过嘴、闹过别扭，相处得十分融洽。

然而，新王后却是一个恶毒的女人。她担心安会妨碍凯特的前途，从而影响到自己的王后地位。于是，她一心想毁掉安美丽的容貌。

一天，新王后带着一篮珠宝找到了森林里的巫婆，请求道："只要你能将安的容貌毁掉，我愿意把这些珠宝通通送给你。"

　　巫婆看见这些闪闪发光的珠宝，心里别提有多高兴了。然而，贪婪的她装出一副很为难的样子，说："安可是国王最喜欢的女儿，而且她还能得到仙女的庇护，我这个老太婆要把她变丑，实在是太难了。"

　　新王后听完巫婆的话，立即慷慨地说道："这一篮子珠宝只是定金，只要你能照我的话去做，等事情成功后，我将给你一车珠宝，让你拥有享不尽的荣华富贵。"

　　有了新王后的承诺，巫婆没再多想就

答应了她的要求。巫婆对着魔法水晶球念念有词："伟大的魔力水晶啊，请把安的头变成一个丑陋的羊头吧。"话音刚落，安美丽的脸蛋就变成了山羊的样子。

这时，安正在对着镜子梳妆打扮，突然发现自己漂亮的脸蛋竟变成了丑陋的羊头，心里别提有多难过了。她把自己锁在房间里，哪里也不愿去了。看到妹妹这样痛苦，凯特的心里也很难过。

一天，凯特来到神山，把安的不幸告诉了夏利亚仙女，希望她能找到一个解救安的方法。夏利亚仙女告诉凯特："你出了王宫一直向东走，将会找到让安恢复容貌的办法。"

于是，凯特用头巾包住妹妹的头，带着妹妹悄悄地溜出了王宫，按照仙女所说的方向，一直往东走。太阳落山的时候，两姐妹来到了一座美丽的城堡。

凯特向城堡里的老仆人请求："好心的人，我妹妹生病了，请收留我们几天吧。"

老仆人见她们十分可怜，便同意了她们的请求，条件是她们必须帮忙照顾生病的王子。善良的凯特一口答应了。就这样，两姐妹住进了王子的房间，细心地照料着王子。据说，王子得了一种怪病，他的作息时间和正常人恰好相反，他总是白天睡觉，晚上活动。

一天夜里，趁大家都睡着了的时候，王子偷偷地溜出了王宫。凯特觉得很奇怪，便跟在王子后面一起跑了出去。

原来，森林里正在举办一场热闹的舞会，许多小仙女正跳着欢快的舞蹈。不久，站在一旁的王子也兴奋地加入了进去，和大家又说又笑。直到天快亮的时候，他才回去。

第二天晚上，好奇的凯特又跟着王子去了森林里，她想搞个明白。路上，凯特被漫山遍野的核桃树吸引了。她爬上树，忍不住摘了一些核桃。为此，凯特耽误了不少时间，等她赶到的时候，王子早已和那些小仙女跳起了舞。

　　凯特偷偷地站在窗户下观看。这时，从背后的草地上传来两个人的声音。一个仙女说："如果谁用我的魔棒碰一下安公主的头，安公主的容貌马上就会恢复成原来的样子。"

　　另一个仙女指着自己手中的草药，说："如果王子吃了我的草药，他的病马上就会好起来。"

　　接着，她们又冲着凯特这边说："假如谁愿意给我们一些核桃，我们就把这两样东西送给他。"说完，她们嘻嘻哈哈地

做起了游戏。

　　凯特听了，灵机一动，立即有了主意。她趁两个仙女不注意，将核桃撒在了不远的草坪上。小仙女们看见香香的核桃，急忙去拾，随手就将魔棒和草药放在了一边。凯特赶紧将魔棒和草药藏在了衣服里面。

　　回去后，凯特用魔棒轻轻地碰了碰妹妹的头，安立即恢复了从前的美貌。然后，她把草药熬成汤，端给王子喝。王子喝完后，病立即就好了，再也不想在白天睡觉了。王子十分感激善良美丽的凯特，准备娶她做自己的新娘。王子的弟弟也喜欢上了同样美丽善良的安，姐妹俩的婚礼将一起举行。

　　这可真是一对让人羡慕的姐妹啊！她们用善良和勇敢赢得了幸福。

海的女儿

在大海的深处，住着威严的海王。海王共有六个女儿，其中要数小女儿最为漂亮。不过，小女儿和她的姐姐们都没有腿，下身只有一条鱼尾。

小时候，祖母常常给她们讲许多有关人间的故事，这些故事深深地吸引着小美人鱼。小美人鱼多想浮出海面，去体验故事里那些美妙的情节啊！可她太小了，鱼尾巴还没有长全呢。因此，父亲从不让她单独浮出海面。不过父亲答应过她：当她满十五岁时，就可以去体验那个美丽的世界了。

今天，小美人鱼终于满十五岁了。一大早，姐姐们便忙着为她梳妆打扮，送她出海。当小美人鱼刚浮出

海面时，第一眼就看到了一艘大船。船上传来阵阵歌声，天空中还绽放着七彩的烟花，简直太美了！原来今天是王子的生日，人们都在船上为他庆贺呢。

过了一会儿，王子来到了甲板上。小美人鱼痴痴地望着他，情不自禁地向王子喊道："哇，好英俊的人啊！祝你永远快乐！"然而王子并没有听见，也没往她这边瞧一眼，但他似乎看起来并不快乐。

突然，海上掀起了猛烈的风暴，海浪打翻了船，王子掉进了海里。小美人鱼急忙游到王子身边，托住他的头，奋力往岸边游去。

王子被海水呛晕了，小美人鱼努力把王子拖到沙滩上，拉着他的手，轻轻地呼唤："王子，快醒醒！王子，快醒醒！"

　　风暴越来越小，海面慢慢恢复了平静。王子躺在沙滩上，仍然昏迷不醒。小美人鱼细心地照看着他。不久，远处传来了一阵脚步声，小美人鱼急忙躲到了一块礁石后面。

　　原来是一位美丽的姑娘来到了沙滩，她是邻国的公主。当她发现昏迷不醒的王子时，急忙叫人把王子带了回去。从此，每天晚上小美人鱼都会浮出海面，坐在王宫附近的岩石上，痴痴地望着王宫，希望能再看见王子。可惜，王子再也没来过海边。为了见到心爱的王子，小美人鱼找到海里的巫

婆，向她诉说了自己的心愿。贪婪的巫婆对她说："美丽的人鱼，我能帮你实现愿望，但是你必须用你美丽的声音作为代价，同时要送给我许多珠宝才行！"

对于小美人鱼来说，失去声音就意味着再也不能说话，因此小美人鱼十分难过。可是为了能和王子在一起，小美人鱼还是答应了巫婆的条件，从巫婆那儿换了一杯可以将鱼尾变成人腿的魔药。接着，巫婆又警告她："如果王子爱上别的女孩，你就会变成一堆泡沫，从海洋里永远消失！"

在一个宁静的夜晚，坚定的小美人鱼游到沙滩上，将魔药喝了下去。刹那间，仿佛有千万把刀在她身体上切割。可是为了能变成人，她强忍着苦痛，一声不吭。不久，她便晕了过去。第二天早上，在附近散步的王子发现了小美人鱼，把她救回了王宫。王子像对待亲妹妹一样对待小美人鱼，十分宠爱她。

　　有一天，王子对着小美人鱼讲述了自己的心事，说他非常想念那位曾救过他的姑娘。伤心的小美人鱼听了，多想告诉他那位姑娘就是自己呀，可她什么都说不出来。

　　过了一段时间，王子带着浩浩荡荡的队伍去了邻国，向那位救过他的公主求婚。小美人鱼得知后，差点儿晕过去。王子和公主举行婚礼的那天，小美人鱼看着自己心爱的人牵着幸福的新娘，伤心地流下了眼泪。

　　这时，她想起了巫婆的话："如果王子爱上别的女孩，你就会变成泡沫，从海洋中永远消失！"

　　小美人鱼只有在心里默默地为王子和公主祝福。她决定静静地离开这个令她悲伤的地方，回到大海里去。

　　在蓝色的大海边，小美人鱼的姐姐们正在海面上等她。她们对小美人鱼说："我们已经用全部的珠宝从巫婆那里为你换得了解药。这是你唯一能够留住生命的机会，一定要好好地把握！"说完，姐姐们交给小美人鱼一把短剑，告诉她："将这把剑刺进王子的心脏，然后把王子的血抹在自己的腿上，你就能恢复原形，回到我们身边！"当晚，小美人鱼悄悄地来到王子的房间，看着熟睡的王子一脸幸福的样子，小美人鱼的心都要碎了。

"我宁愿失去生命，也不愿伤害自己心爱的人！"说着，小美人鱼来到海边，扔掉手中的剑，纵身跳入了大海。海浪轻轻地拍打着她，她的身子变得越来越轻、越来越轻。渐渐地，变成了一堆洁白的泡沫。

当清晨的阳光普照大地时，小美人鱼发现自己并没有死去。她的身体慢慢地从海面升到了空中。

"善良的美人鱼，你心中伟大的爱已经洗涤了你的灵魂，上帝允许你来到美丽的天国！"一个声音在空中飘荡。

原来，上帝被小美人鱼的善良和宽容感动了。他解除了海底巫婆的咒语，让小美人鱼获得了永生。

野天鹅

　　很久很久以前，在一个遥远的国度有一个老国王。他有一位叫艾丽莎的美丽公主和十一位英俊的王子。后来，慈爱的王后死后，国王又娶了一个新王后。新王后是一个恶毒的女人，她见公主和十一个王子长得聪明伶俐，心里十分怨恨。王后找借口把艾丽莎送到了乡下，又对王子们施了魔法，把他们变成了十一只野天鹅，让他们飞到远方的黑森林去。

　　艾丽莎在十五岁的时候回到了王宫。王后将泥巴涂抹在公主的脸上，让她去见国王。国王认不出她的样子来，就把艾丽莎赶出了王宫。可怜的艾丽莎决定去茫茫的世界寻找哥哥们。

　　艾丽莎来到黑森林，这里又冷又可怕。她在一棵大树下过了一夜，第二天一大早就起来继续寻找她的哥哥们。她问森林里的小动物，问溪水，问

60

树木："你们有没有看见十一位王子啊？"大家都说："啊！我们只看见过十一只戴着王冠的野天鹅！"

一天傍晚，艾丽莎来到一个湖边。忽然，天空中飞来了十一只戴着王冠的野天鹅，他们徐徐地落在湖畔的草地上。当最后一缕光芒消失时，野天鹅们变成了十一位王子！他们就是艾丽莎的十一个哥哥啊！艾丽莎激动地跑过去，紧紧地和哥哥们拥抱在一起。他们尽情地哭泣，欢乐地大笑。原来，王后的魔法并没有完全奏效，每天太阳落山以后，王子们就会恢复人形。

王子们住在大海那边的一个国家，第二天他们必须出发横渡大海，飞回他们的王国。于是，哥哥们找来坚韧的柳条，编成一张大网。他们让艾丽莎坐在里面，要带着她一起飞到

海那边。他们飞了整整两天才到达彼岸。哥哥们带着艾丽莎来到了一个大山洞。疲惫的艾丽莎躺在里面，很快就睡着了。她做了一个奇怪的梦，梦里一个仙女对她说："只要你用荨麻给哥哥们编织十一件外套，再让他们穿在身上，魔法就会解除。但是，在外套编好之前，你不能说话。否则，你的哥哥们就会死去！"

艾丽莎醒来后，发现山洞里竟然堆满了荨麻。于是，她一言不发地开始编织起外套来。哥哥们傍晚回家，看到艾丽莎被刺伤的小手，难过得哭了。

当艾丽莎做好第一件衣服的时候，荨麻用完了。于是，她就跑到森林里去采集新的荨麻。这天，国王在森林打猎，碰巧看到了正在采集荨麻的艾丽莎。

国王立即被艾丽莎的美貌深深地吸引了，他邀请艾丽莎去自己的宫殿，并请求她做自己的妻子。艾丽莎随着国王来到了金碧辉煌的王宫，这里的每个人都向艾丽莎行礼，艾丽莎成了令人尊敬的王后。可是艾丽莎一言不发，每天在房间里编织着荨麻衣服，一刻也不停。

大主教悄悄地对国王说："这个王后不会说话，她一定是森林里的女巫！"可是国王并没有被大主教迷惑，他依然深爱着自己的王后。

就这样过了一年，王宫附近的荨麻被采集光了，可是还有一件衣服没有织成。艾丽莎知道王宫外的墓地里还有荨麻，就趁着黑夜悄悄地跑去采集。

这一切又被恶毒的大主教看到了，他对国王说："看哪！只有巫婆才会半夜去墓地，因为她们要吸取死人的灵魂！"国王有些怀疑了，他决定试试艾丽莎。

当天晚上，国王假装睡着了，艾丽莎又偷偷地来到墓地。尾随而来的国王看到这一切，心都要碎了，他让王后为自己辩解。可是艾丽莎不能说话，她只能用哀伤的眼神看着国王。大主教趁机煽风点火。无奈之下，国王只好宣布先将艾丽莎关进地牢，第二天在广场上烧死。

艾丽莎还剩下最后一件衣服的袖子没有完成，虽然她拼命地工作，但还是来不及了。

　　第二天，她拿着十一件衣服被带到广场。这时，天空中飞来了十一只野天鹅。艾丽莎看见哥哥们来了，急忙把十一件衣服向天空中抛去，并大声说："穿上吧，我的哥哥们！"天鹅们穿上衣服，瞬间变成了十一个英俊的王子。但是，因为其中一件衣服少一只袖子，最小的那个哥哥有一只翅膀没有变过来。

　　后来，王子们告诉了国王事情的真相。国王才明白艾丽莎所承受的痛苦和她那颗金子般的心。国王深情地亲吻着艾丽莎，发誓要和她一起幸福地生活，一直到老。

拇指姑娘

　　春天到了，花园里的花竞相开放，一朵比一朵漂亮，一朵比一朵绚丽。在这百花丛中，有一朵郁金香格外引人注目，它有魔幻般的颜色和迷人的芬芳。当它的花瓣慢慢展开时，一个漂亮的小姑娘出现在绿色的花蕊上。她太小了，差不多只有拇指那么大，周围的花儿都叫她"拇指姑娘"。

　　拇指姑娘和花儿们幸福地生活在一起，那朵郁金香就是她温暖而舒适的家。夜晚，她睡在郁金香的花瓣里，那里软软的、香香的，可舒服了。

　　然而，好景不长，拇指姑娘幸福的日子只持续到了春末。夏天即将来临的时候，越来越热的太阳把娇嫩的花儿们全都晒蔫儿了，它们低着头，不久就凋谢了。

那朵神奇的郁金香也不例外，它垂着头告别了春天，再也不能为拇指姑娘挡风遮雨了。

一只小松鼠发现了可怜的拇指姑娘，把半个胡桃壳送给她做新房子。于是，拇指姑娘搬进了温暖而坚固的胡桃壳里。

一天晚上，一只丑陋的癞蛤蟆路过这里，发现了睡在胡桃壳里的拇指姑娘。

癞蛤蟆偷偷走过去，把拇指姑娘放在荷叶上，准备带回家让她和自己的儿子结婚。

清晨，拇指姑娘睡醒了，看到周围的一切，吓得大哭起来。

癞蛤蟆的儿子又矮又丑，全身还长着一个个肉疙瘩，实在是太难看了。可爱的拇指姑娘怎么能嫁给他呢！

这时，河里的鱼儿们闻声赶来了。他们用力咬断荷叶茎，让拇指姑娘顺着河水漂走了。

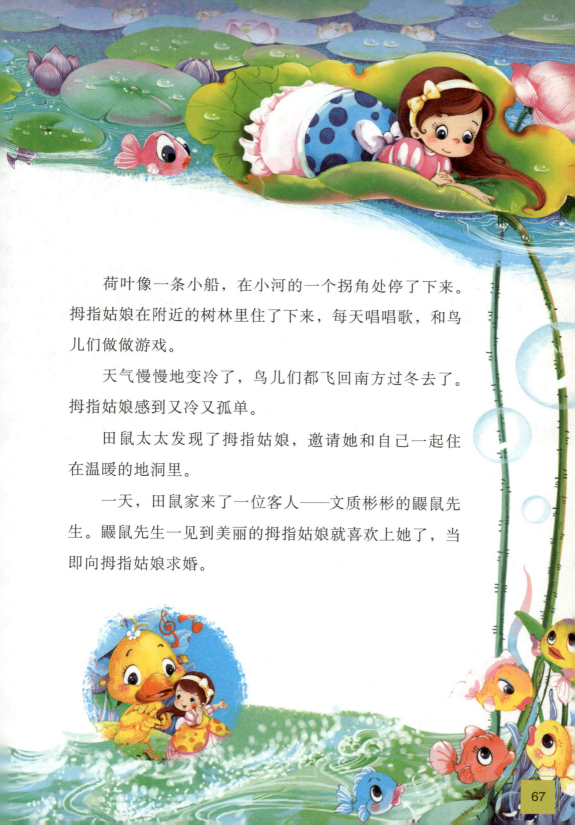

荷叶像一条小船，在小河的一个拐角处停了下来。拇指姑娘在附近的树林里住了下来，每天唱唱歌，和鸟儿们做做游戏。

天气慢慢地变冷了，鸟儿们都飞回南方过冬去了。拇指姑娘感到又冷又孤单。

田鼠太太发现了拇指姑娘，邀请她和自己一起住在温暖的地洞里。

一天，田鼠家来了一位客人——文质彬彬的鼹鼠先生。鼹鼠先生一见到美丽的拇指姑娘就喜欢上她了，当即向拇指姑娘求婚。

　　田鼠太太也劝拇指姑娘嫁给他："他是一位有教养的绅士，你跟他结婚一定会很幸福的。"

　　为了报答田鼠太太的恩情，拇指姑娘勉强地点了点头，接受了鼹鼠先生的求婚。但在心里，她一点儿也不喜欢鼹鼠先生和他那种黑暗的生活。

　　一天，天空下起了大雪，拇指姑娘站在窗边，望着窗外纷纷扬扬飘落的雪花，向往着外面的世界。突然，她发现雪地里躺着一只受伤的燕子。拇指姑娘将燕子带回了自己的房间，把他放在床上，然后用被子轻轻地盖住燕子冰冷的身子。当然，这一切都不能让田鼠太太知道。

转眼间，又是春天了。在拇指姑娘的精心照顾下，燕子的伤慢慢痊愈了。

　　当燕子得知拇指姑娘不幸的遭遇后，对她说："亲爱的拇指姑娘，同我一起离开这里吧！"

　　然而，善良的拇指姑娘拒绝了燕子的好意。因为她知道，那样做一定会让田鼠太太伤心的。

　　随着鼹鼠娶亲的日子越来越近，田鼠太太开始忙碌起来。她不辞辛苦地上山采玫瑰，想给拇指姑娘做一件漂亮的婚纱。

　　然而，善良的田鼠太太对拇指姑娘的感受一点儿也不了解，她并不知道拇指姑娘讨厌黑暗的生活。于是，就在娶亲的前一天晚上，拇指姑娘偷偷跑出了地洞，含泪离开了田鼠太太。

第二天清晨，森林里传来了燕子的叫声。拇指姑娘高兴极了，这次她不再犹豫了。

　　燕子带着拇指姑娘飞到了一处阳光明媚、鸟语花香的地方，并将拇指姑娘放在一朵白色的玫瑰上。

　　白玫瑰旁边有一朵金色玫瑰，里面住着一位头戴王冠的王子。王子看到美丽而可爱的拇指姑娘，一下子就爱上了她。

　　王子深情地问：“亲爱的姑娘，你愿意做我的新娘吗？”拇指姑娘听了，低着头，笑着答应了。

　　这时，从旁边的花丛里走出一个个漂亮的小人儿。他们跳着舞，唱着歌，为他们的王子和王后送上甜美的祝福。

　　就这样，拇指姑娘和王子结成了幸福的一对。他们都深深地爱着对方，发誓永不分离。

白雪公主

冬天，外面下着大雪，王后坐在窗户边绣花。一不留神，针刺进了她的手指，几滴鲜血落在飘进窗的雪花上。王后看着点缀在雪花上的鲜血，又看了看乌木窗台，说："但愿我以后的孩子皮肤像雪一样白，嘴唇像鲜血一样红，头发像乌木一样黑！"

后来，王后有了一个小女儿。可爱的公主渐渐长大了，她的皮肤真的像雪一样白，嘴唇像鲜血一样红，头发像乌木一样黑，王后给她取名为"白雪公主"。

不久，王后去世了。国王又娶了一位妻子。新王后长得很漂亮，但她嫉妒心很强，只要听说有人比她更漂亮，她就会十分生气，要想尽办法除掉对方。王后有一面魔镜，她常常问它："魔镜，魔镜，告诉我谁是最美丽的女人？"

"王后！你就是这儿最美丽的女人。"魔镜总是这样回答。

白雪公主慢慢地长大了，长得越来越漂亮。有一天，王后又像往常一样去问魔镜，魔镜却回答："王后，你是美丽的，但是白雪公主比你更美丽！"

王后听了这话，心中燃起了熊熊的妒火。她叫来一名仆人，对他说："把白雪公主带到大森林里去，杀掉她。"但是，仆人不忍心杀掉白雪公主，就把她一个人留在了森林里。

白雪公主在森林里走呀走呀，来到了一幢小房子前。她推门一看：桌子上放着七个装着面包的小盘子，七个装满葡萄酒的杯子，七副刀叉，旁边还有七张小床。于是，她在每块面包上切下一小块，又把每个玻璃杯里的酒喝了一点儿，还在每张床上躺了一会儿，最后在第七张床上睡着了。

不久，房子的主人们回来了。他们是七个在山里采矿的小矮人。他们发现了熟睡的白雪公主，赞叹道："我的天哪，她是多么可爱呀！"晚上，第

七个小矮人就和另一个小矮人挤在一起过了一夜。第二天早上，白雪公主醒来了。她向七个小矮人讲述了自己的遭遇。他们听了后非常同情她，决定收留白雪公主。就这样，七个小矮人每天到

山里采矿，白雪公主就在家里做家务。他们愉快地生活着。

　　王后以为白雪公主已经死了，所以她又来问魔镜："魔镜，魔镜，请你告诉我，谁是世界上最美丽的女人？"

　　镜子回答道："在这里，你是最美丽的女人，可是在七个小矮人的家里，白雪公主比你要漂亮一千倍、一万倍。"

　　王后听了大吃一惊，决定亲自杀掉白雪公主，因为她不允许有人比自己更美丽。于是，王后装扮成一个卖杂货的老太婆，翻过七座山头，来到了七个小矮人的家。

　　"快来买漂亮的缎带和丝线啊！"王后大声吆喝着。白雪公主推开窗户，问："老婆婆，您卖的是什么呢？""漂亮的缎带和丝线，快来买吧，姑娘。"王后回答。善良的白雪公主打开门，让王后进来。

　　"看这缎带多漂亮呀，让我给你系上一根吧。"王后说完，把一根缎带系在白雪公主的脖子上。

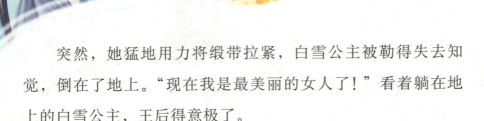

　　突然，她猛地用力将缎带拉紧，白雪公主被勒得失去知觉，倒在了地上。"现在我是最美丽的女人了！"看着躺在地上的白雪公主，王后得意极了。

　　晚上，七个小矮人回来了。他们看见白雪公主躺在地上一动不动，急忙剪断了那根缎带。过了一会儿，白雪公主睁开了眼睛。听她讲完事情的经过后，小矮人说："那个老太婆就是王后，你以后千万别让陌生人进来了。"

　　王后一回家，就迫不及待地走到魔镜前，问了和以前一样的问题。谁知，镜子的回答仍然和上次一模一样。得知白雪公主仍然活着，王后气坏了。她又装成一个卖梳子的老太婆，到七个小矮人的屋外叫卖。

　　白雪公主把门推开一条缝说："你快走吧，我不会再让陌生人进来了。"

　　王后连忙说："我不进去，我不进去，你就试试我的梳子吧。"

　　说完，她把梳子从门缝递了进去。这真是一把漂亮的梳子，白雪公主忍不住在头上梳了梳，谁知梳子上有毒，她一下子倒在地上，失

去了知觉。

"现在我是最美丽的女人了！"王后高兴地走了。

晚上，小矮人们回来了，他们取下了白雪公主头上那把有毒的梳子。不久，白雪公主醒了过来，把事情的经过告诉他们。七个小矮人再次告诫她，不要再相信陌生人了。

王后回到家，立即来到魔镜前问话，她听到的还是和上次一样的回答。王后气得又叫又跳，像一个丑陋的魔鬼。最后，她精心制作了一个毒苹果，又来到了七个小矮人的家门口。

"买一个苹果吧！"她大声叫着。白雪公主推开窗说："我再也不相信陌生人了，你快走吧！""好吧，"王后拿出那个毒苹果说，"这么新鲜的苹果也不买吗？这个苹果就当作礼物送给你吧。"白雪公主摇摇头说："不，不，不，我不要。"王后说："傻孩子，难道你怕这苹果有毒吗？"说着就将苹果分成两半，

　　自己吃下了一半。原来，王后在制作毒苹果时，只在苹果的一边下了毒。

　　白雪公主看见王后吃了那一半，就放心地接过另一半苹果咬了一口。白雪公主立刻就倒在地上死了。"我将永远是最美丽的女人了！"王后心满意足地离开了。王后回到王宫，又问魔镜同样的问题。这次魔镜回答道："王后，你现在是全国最漂亮的女人。"这下，王后终于开心了。

　　晚上，小矮人们回到家里，发现了躺在地上的白雪公主，这次他们没有办法救活她了。七个小矮人伤心极了，他们在她身边守了三天三夜。最后，他们做了一口玻璃棺材把白雪公主放了进去，然后将棺材安放在一座小山上面。

　　一天，一个王子来到这里，看见了躺在玻璃棺材里的白雪公主。她的脸依然像雪那样白，嘴唇像鲜血那样红，头发像乌木那样黑，整个人就像在沉睡一样。王子立刻爱上了白雪公主，他向小矮人们请求带走她。小矮人们见王子这么真诚，就同意了。王子的随从们在抬棺材的时候，棺材被撞了一下，毒苹果从白雪公主嘴里掉了出来。

白雪公主醒来了。这是多么令人高兴的事啊！王子把一切都告诉了白雪公主，并向她求婚。白雪公主微笑着接过了王子手中求婚的玫瑰。

他们一起回到王宫，邀请了许多客人来参加婚礼，其中就有那位王后。王后精心打扮了一番，然后问魔镜：“魔镜，魔镜，告诉我，谁是世界上最美丽的女人？”

魔镜回答道：“在这儿你是最漂亮的，但是王子的新娘比你漂亮一千倍。”魔镜的回答让王后一病不起，不久，王后死了。从此，白雪公主和王子过上了幸福美满的生活。

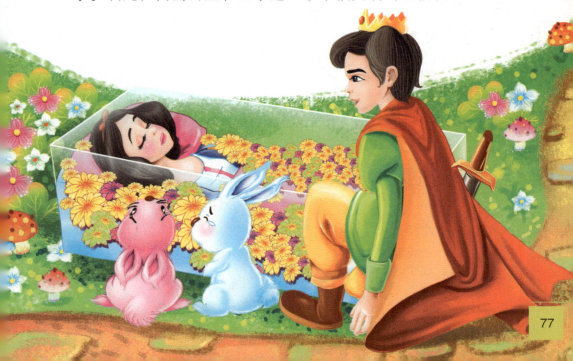

梦游公主

　　曾经有一个美丽的公主，非常任性贪玩。她的兴趣爱好简直就像海上的天气一样说变就变，每天都让仆人们忙得团团转。她一会儿要仆人上树捉唱歌的黄莺，一会儿要仆人下河捕吐泡泡的鱼，一会儿又要仆人陪她跳舞……面对这样一个刁蛮的女儿，国王也没有一点儿办法。

　　突然有一天，小公主像变了一个人似的，再也不调皮了，而是静静地望着天空发呆，一句话也不说。虽然国王请了许多名医来给她治病，但公主的病始终不见好转。

　　无计可施的国王只好发布公告说："谁能治好公主的病，公主就是他的妻子。"

为此，许多年轻的王子都赶来尝试，结果全都无功而返。有一位叫辛格的仆人，默默地爱着公主。此时此刻，他多么想治好公主的病啊！可他出身卑微，只能在心里默默地祈祷。

一年冬天，一个老婆婆不小心掉进了护城河。因为她相貌丑陋得像一个老巫婆，所以许多人都不愿去救她。辛格觉得老人可怜，就毫不犹豫地跳进了冰冷刺骨的河水中，救起了老婆婆。

老婆婆为了答谢辛格，送给他一顶草帽和一片金叶。辛格回到家，戴上草帽去照镜子，奇怪的事发生了，镜子里居然没有自己的身影。

原来，老婆婆是一个仙女变的，她送给辛格的是一顶能

使人隐形的帽子。有了它，辛格就可以去看望公主了。

当天晚上，辛格就戴上隐形帽，顺利地来到了公主的房间。

恰巧这时，公主正在拉一道暗门。辛格很好奇，便跟着公主走了进去。他们穿过一道冰冷的长廊，来到了一座金光闪闪的宫殿前。

不久，宫殿内响起了动人的音乐，一位英俊的王子从里面走了出来，与公主欢快地跳起了舞。

当看到这一幕时，辛格心想："我一个奴仆怎么配得上高贵的公主呢？只有英俊的王子才能给她带来幸福。"想到这里，辛格伤心地流下了泪水。

就在这时，辛格耳边响起了仙女的话语："孩子，快含上金叶，它能让你看清真实的世界。"

听仙女这么一说，辛格立即照着做了。结果，他差点儿被眼前的景象吓昏过去。

原来，王子是一个丑陋的魔鬼，而那座富丽堂皇的宫殿只不过是一片垃圾场罢了。辛格恍然大悟，原来公主得病全是因为这个魔鬼。

　　此时，早已把恐惧抛到脑后的辛格，一个箭步冲上去，用匕首刺死了王子。

　　渐渐地，王子的尸体露出了魔鬼丑陋的原形。辛格看着惊恐万分的公主，脱下隐形帽，向她讲述了刚才发生的一切。

　　公主的病好了，国王遵守诺言把公主许配给了辛格。

　　从此，两人幸福地生活在一起。

公主和蛇

从前有一个国王，他有一个美丽而善良的女儿，叫贝拉。

一天，国王要外出旅行，临走前他问贝拉想要什么礼物。贝拉公主歪着脑袋想了想，说："我就要一朵美丽的玫瑰花！"国王答应了贝拉的要求，起程上路了。

过了些日子，国王旅行回来，从一个精致的小盒子里拿出一朵玫瑰花，送给贝拉，并说起了关于这朵玫瑰花的神奇来历："我在山谷中摘这朵玫瑰花时，突然窜出一条蛇。他问我把花带给谁，我告诉他要带给我心爱的小女儿贝拉。

"那条蛇听后，恭敬地把玫瑰花交给了我。不过，他提了一个奇怪的要求，说是你一定要到那个山谷里去，否则他就活不成了。"

听了这一切后，贝拉来到了那座山谷。山谷里有一座精美的宫殿，贝拉一进门，就看见一条蛇，吓得他不禁尖叫了一声。

"不要害怕，公主！我只想和你说说话。"蛇轻声地祈求着。贝拉见蛇没有恶意，便和蛇聊起了天。

当贝拉准备离开的时候，那条蛇又说："你待在家可别超过三天，不然我会死的。"贝拉点了点头，回到家竟把蛇的话给忘了，痛痛快快地玩了三天。

直到第四天，贝拉才想起蛇的嘱托。她赶紧骑马来到花园，可惜那条蛇已经死了。贝拉心里十分愧疚，伤心地哭了起来，眼泪掉在了蛇的身上。

这时，奇迹发生了。蛇变成了一个英俊的王子。王子和公主贝拉结了婚，他们幸福地生活在一起。

莎娜公主

茂密的大森林旁有一个古老的城堡，年老的国王和他可爱的女儿莎娜公主是这里的主人。

莎娜公主是天底下最漂亮的姑娘。她有太阳般耀眼的长发，月亮一样莹润的皮肤，那双又黑又亮的大眼睛，像是一对明亮的星星，闪烁着光芒。国王很疼爱这个女儿，他会答应女儿提出的任何要求。

这天，莎娜公主做了一个奇怪的梦，她梦见自己来到一口水井旁。那是一口看起来再普通不过的水井，可莎娜公主似乎听到深幽的井底下有一个声音一直在呼唤自己的名字。

莎娜公主把这个梦告诉了亲爱的父亲，说："爸爸，请您帮我找到梦里的这口水井吧。"

　　国王在全国一共找到了一百口水井。莎娜公主把这些地方都走遍了，发现都不是自己要找的水井，莎娜公主失望极了。

　　就在这时，一个猎人向国王报告说森林的最深处还有一口水井。可那里太危险了，有很多可怕的野兽。国王不愿让心爱的女儿去冒险。莎娜公主却在夜里偷偷离开了城堡，独自走进森林。谢天谢地，她终于安全地找到了那口水井。

　　忽然，一个英俊的男子像变戏法一样出现在莎娜公主的面前，他很有礼貌地向公主问好。莎娜公主发现这个声音很耳熟，对了，这就是梦里来自井底的声音。

　　这是一个被魔法囚禁在井底的王子，想要破除魔法就必须要有一位美丽的姑娘为他装哑四年。公主答应为王子装哑破除魔法。莎娜公主连夜赶回了王宫。第二天，国王和宫女

们发现了一件奇怪的事，他们聪明可爱的小公主竟然不再开口说话了。

就这样，时间一天天地过去了，莎娜公主渐渐长大了，成了远近闻名的美人。可没有一位王子前来求婚，因为大家都听说莎娜公主中了魔法。可是莎娜公主一点儿也不难过，每天都陪伴在父亲的身边，笑容依然像玫瑰花般灿烂。

四年后的一天，城堡外突然来了一位乘着漂亮马车的王子。他来到国王面前，讲述了一个动人的故事：一位高贵的公主为了救一个落魄的王子，做了四年的哑巴。现在王子得救了，他将迎娶公主，给她幸福。

国王这才明白，原来女儿不仅拥有美丽的外表，更有一颗善良的心。

玛丽公主

　　从前，一个小国的王子爱上了一个大国的公主。这位公主名叫玛丽，长得像百合花一样漂亮。玛丽深深地爱着库克王子，库克王子也深深地爱着她，他俩就像天上的月亮和星星一样形影不离。可是，玛丽的父亲不愿意他们俩在一起，想方设法地劝说玛丽嫁给大国的王子。

　　为此，玛丽十分伤心，常常对父亲说："如果您非要让我嫁给别人，我宁肯去死！"为了让公主改变决定，狠心的国王竟把她和几个女仆关进了一座高塔，并规定仆人除了给公主送水和食物外，不许多说一句话。否则，立即处死。

就这样，执意不改变决定的公主在冰冷的高塔里一待就是三年。仆人们都非常同情玛丽公主。

一天夜里，仆人们用勺子和刀具在墙上挖了一个大洞，和玛丽一起逃了出去。一路上，玛丽和仆人们经历了种种磨难。白天，她们为了躲避国王的追兵，藏在森林里，饿了就挖野菜野果充饥；晚上，她们便一起挤在湿冷的洞穴里睡觉，只睡到半夜就起来继续赶路。经过三个月的长途跋涉，玛丽和仆人们终于来到了库克王子所在的王国，在王宫里做了女仆。

自从库克王子与玛丽断了联系以后，库克王子的父亲又为他挑选了一位新娘。这位新娘不仅相貌难看，心肠也很坏。

眼看婚期就要到了，新娘为自己的丑陋发起了愁，心想："我这个样子与王子结婚一定会被别人笑话的，该怎么办呢？"

这时，玛丽正好来给她送餐。她见玛丽长得楚楚动人，立即有了主意。她拉着玛丽的手说："亲爱的，你愿意替我披一会儿婚纱吗？如果你同意，我会重重地赏你。"

　　玛丽明白新娘的意思后，为难地说："这可是你自己的婚礼呀，我一个奴仆怎敢代替你呢？"

　　听了玛丽的话，刚才还一脸笑容的新娘突然发起怒来："该死的，你要是不听我的话，我立刻杀了你！"玛丽没有办法，只好穿上婚纱，前去参加婚礼。

　　当玛丽来到王宫大殿时，人们都睁大了眼睛，以为是天上的仙女下凡了。王子也大吃一惊，心想："丑陋的新娘怎么

突然长得和以前的玛丽一样了呢？"

在教堂门口，玛丽战战兢兢地对着门说："教堂的门呀千万别打开，因为我是一个冒牌的新娘。"王子听了，忙问："你刚才说什么？"玛丽回答："没什么，我只是想起了玛丽公主。"这时，王子一把抓住她的手，大声地问："你认识玛丽公主？"

"不不不，我一个奴仆怎么会认识公主呢，我只是听别人说过她。"王子不再说什么了，拿出一串珍贵的项链，轻轻戴在玛丽的脖子上。他们手挽着手走进教堂，结成了一对夫妻。

婚礼结束后，玛丽在回来的路上一言不发。一到王宫，她就脱下婚纱，换上自己的灰罩衫，匆匆躲进了厨房里，而她却忘了摘下脖子上的那条项链。晚上，王子来到新娘的房间，问丑新娘："你还记得今天对着教堂门说过什么吗？"丑新娘支吾了半天，一句也答不上来。

王子又问："那我给你戴的项链呢？"这下，丑新娘实在招架不住了，只好说出了真相，希望王子宽恕她。王子听后，非常生气，急忙跑去找玛丽。可这位狠心的丑新娘早就命令宫中侍卫，在婚礼结束后杀掉玛丽。

此时，可怜的玛丽正流着眼泪，被绑在火刑架上。刽子手正要行刑时，王子赶来了，救下了玛丽。

在柔和的月光下，王子抚摸着玛丽脖子上的项链，深情地说："你才是真新娘啊！如果我没有猜错的话，你就是玛丽公主。"

玛丽公主幸福地笑了，紧紧地抱住库克王子，说："在高塔里，我为你煎熬了三年，出来后又忍饥挨饿，现在我们终于可以在一起了。"

从此，库克王子和玛丽公主过上了幸福的生活，而那位狠毒的丑新娘被永远赶出了皇宫。

学干活的公主

城堡里住着一位十分漂亮的公主，但是她和许多贵族小姐一样，有着懒惰的毛病。

早晨起床的时候，她就开始娇声娇气地叫了起来："快来给我穿衣服。"于是宫女走了过去，为她穿衣服。接着，公主懒懒地走到窗前，细声细气地喊着："快来给我梳头洗脸。"奶妈走了过去，开始为公主梳洗。

出门的时候，公主会拿小拳头敲着自己的细腰："好累呀，我的轿子呢？"这个懒公主就连在御花园里散步，也会走一步歇一歇。即使这样，她还是整天叫累，好像非常辛苦的样子。

不仅如此，这个懒公主还很高傲，她看不起那些辛苦的穷人。每当她外出的时候，就会蜷缩在轿子里，一边用小手帕捂住鼻子，一边还小声

地嘀咕着："这些人又脏又臭，我可真不愿意见到他们。"

后来公主长大了，她还是那么漂亮，可是没有人愿意娶这个又懒又爱挑剔的女孩。她的名声可不怎么好呢。

宫外的那些小孩子还编了歌谣来嘲笑她："深深的王宫里，有个懒公主，她的手长在别人的身上；高高的围墙下，有个懒公主，她的脚也长在别人的身上。"懒公主听见了，非常生气，她气急败坏地找到了国王："父亲，那些孩子在嘲笑我！快把他们抓起来。"国王对这个懒惰的女儿也很不满，于是回答："孩子，难道他们说得不对吗？既然他们说的是事实，我又怎么能抓他们呢？"

懒公主摇摇头："我不管，我就是喜欢现在这个样子。"

国王见女儿这样刁蛮，非常生气。他宣布，谁要是在三年内教会公主干活，就把女儿嫁给他，绝不食言。

日子一天天过去了，宫外的孩子还在唱嘲笑公主的歌，还是没有一个人向她求婚。一天，大臣外出的时候，看见一个勤劳的小伙子。小伙子正赶着八头牛在地里干活，他一边干活还一边唱歌，似乎十分开心。

　　大臣仔细听着小伙子的歌词："天气这么晴朗，我赶着牛儿在犁田；心情这么欢快，我听见麦苗儿在歌唱；劳动这么愉快，自食其力的人真快乐！"大臣心想："看来这人不错，也许他能让公主学会劳动。"

　　于是，大臣带着小伙子去见国王，国王向他说明了事情的原因。小伙子非常乐意带公主回家，并保证一定教会她干活。可公主怎么会愿意到穷人家生活呢？她哭着说："父亲呀，原谅我吧。请不要赶我走！"但国王已经决定了，头也不回地走了。公主只好哭哭啼啼地跟着小伙子走出了城堡。

到了小伙子家，看着家中十分简陋，公主赌气地说："谁也别想让我干活，我什么也不会做。"小伙子听后只是笑了笑，并没有说什么。

第二天，小伙子一大早就出门了。临走的时候，他对母亲说："干了活才有饭吃。她要是什么也不干，您就别给她吃午饭。"公主大声叫了起来："不就是一顿午饭吗，我才不在乎呢。反正我是什么也不会干的。"一上午，公主都躺在床上。到了中午，老妈妈拿着碗筷摇摇头，没叫公主一起吃饭。

下午，公主还是一动不动地躺在床上，虽然她的肚子早就饿了。晚上，小伙子回来了，母亲端出了一桌子的美餐。儿子说："妈妈，还是谁干活谁吃饭，她要是没干活，那就一直躺着吧！"公主闻着香喷喷的气味，舔了舔舌头，她有点后悔了。

第二天，小伙子出门干活后，公主终于起床了。她对老妈妈说："给我一点事情做吧，整天歇着也够难受的。"老妈妈笑着点点头，说："你去劈柴吧！"公主就开始学着怎么劈柴，虽然干活的速度很慢，可是她已经开始做了，不是吗？中午的时候，小伙子故意问："今天谁干活了？"母亲回答："我们三个都干活了！我烧火，公主劈柴，你犁了地。"

小伙子回答："那真是太好了！谁干了活，谁就可以吃饭。"于是，三个人美美地吃了一顿。从此，公主渐渐地学会了劈柴、挑水、做饭，后来，她还学会了纺纱、织布、裁衣。

三年过去了，国王来看女儿。国王问公主："你为什么学干活了呢？"已经变得勤劳的公主回答："干活才有饭吃。"国王听了，大笑起来。他答应把女儿嫁给小伙子，还准备把王位传给他。

安妮公主寻猫记

　　故事发生在一个没有猫的国家里。有一天，一位外国人到这个国家来旅游，他给国王带来一只可爱的小猫。国王把小猫送给了自己的女儿安妮公主。

　　安妮公主太喜欢这只小猫了，就算用父亲全部的宝贝换她的小猫，她肯定也不乐意。

　　可是，有一天晚上，小猫突然不见了。安妮公主特别伤心，呜呜的哭声惊动了整个王宫。国王非常着急，派人连夜上街张贴《寻猫布告》。布告是这样写的："安妮公主的小猫丢了，有谁捡到赶紧送来，奖黄金一千两。记住，小猫的特点是'别看年纪小，胡子可不少'。"

　　第二天一早，卫兵报告说，有人带小猫领奖来了。国王高兴极了，连鞋都

来不及穿就跑出了王宫。可是一看就傻了眼，原来，面前这
只"别看年纪小，胡子可不少"的动物不是小猫，而是一只
小山羊。

不行！第一张《寻猫布告》没把猫的特点说清楚。国王
下令，马上张贴第二张《寻猫布告》。

布告上写着："记住，小猫的特点是'大眼睛，会上树，
还会捉老鼠'！"布告刚贴出不一会儿，又有人带着"小猫"
来领奖。国王一看，又错了！这个"大眼睛，会上树，还会
捉老鼠"的，原来是只猫头鹰。

不行！第二张《寻猫布告》还是没把猫的特点说清楚。
国王又下令，张贴第三张布告！第三张布告是一幅画，画下
面写着："瞧见了吗？——这就是猫！"

很快，又有人来领奖了。他们抬来一个大铁笼子，里面
关着的那只动物和布告上的猫一模一样，只是个头儿要大几

十倍，脑门儿上还有一个"王"字。唉，又错了！这不是猫，是虎大王。

安妮公主找不到心爱的小猫，饭也吃不下，两眼哭得又红又肿，坐在镜子前发呆。忽然，窗外传来熟悉的声音——"喵！"小猫出现在窗台上，安妮公主扑过去，紧紧地搂住小猫，快活地亲呀，亲呀……

国王在一旁拍着脑瓜，自言自语："第一张、第二张和第三张布告都没有说清楚猫的特征，结果闹了大笑话。我怎么就没有想到呢？'喵喵叫'才是猫的特点呀！"

天鹅仙子

相传在很久以前，通甸坝子还是一片汪洋的时候，每年农历的正月十五，便有一群仙女化身为美丽的白天鹅，来到这里沐浴，直到太阳落山她们才离开。

有一年的正月十五，一个叫阿琰的年轻人不小心掉进了湖里，水渐渐没过他的头顶……这时，几位美丽的仙女把阿琰托上了湖边的草地，然后变成白天鹅飞走了。

阿琰回到村里，告诉村里人说自己是被

仙女从湖里救起来的。然而，村里没有人相信
阿琰的话。

因为阿琰不仅个子很矮，而且相貌丑陋，
到三十岁了，还没有一个姑娘愿意嫁给他。所
以大家认为他是痴人说梦，谁都不相信他所说
的话，甚至有人嘲笑他是一个疯子。

阿琰很生气，为了证明自己没有说谎，他每天都去湖
边放牛，希望能再遇到天鹅仙子。

一年时间过去了。又到了正月十五这天，阿琰同往常
一样在湖边放牛。突然，他看见一群美丽的白天鹅在湖中
央自由自在地嬉戏。

阿琰非常高兴，大声呼喊起来。可天鹅们既不飞走，
也不理睬他。

直到傍晚，湖心的白天鹅们才从湖中飞起。

天鹅们刚离开水面就现出了美丽的身影，白色的纱衣长裙在风中飞舞，就像一群翩翩起舞的蝴蝶。

仙女们飞到阿琰的面前，停了下来。仙女们告诉阿琰，她们都是观音菩萨身边的侍女，每年都要下凡给菩萨的净瓶盛水。因为这里的景色太美了，所以才流连忘返。这一次阿琰不但见到了仙女，还知道了仙女的来历，他更加高兴了。

阿琰回到村里逢人就说这事，还信誓旦旦地告诉村里人，仙女们明年正月十五还会来湖里取净水。村民们见阿琰说话如此诚恳，都半信半疑。

又到了第二年正月十五，阿琰早早来到湖边。天快亮的

时候，一群白天鹅落到湖里。突然，一支支箭从芦苇丛中射向她们。天鹅们被射中了，发出凄惨的哀鸣……

原来，村里人听说了阿琰的奇遇后，根本不相信有什么天鹅仙子，所以早就准备好了弓箭，埋伏在湖边的芦苇丛中，伺机猎杀天鹅。

阿琰为自己泄露了仙女的行踪，害死了天鹅仙子感到十分难过。伤心的阿琰在湖边徘徊了一整天后，就消失了。

此后，再也没有人见过阿琰。那一年，通甸坝子发生了严重的旱灾，湖水不久也干涸了。

孔雀公主

美丽的西双版纳居住着傣族的一个部落。部落头领的儿子召树屯聪明强壮，赢得了许多女孩子的青睐。

一天，召树屯的猎人朋友对他说："明天，有七位美丽的孔雀公主会飞到郎丝娜湖游泳，七公主兰吾罗娜是其中最聪明、美丽的。你只要把她的衣服藏起来，就能娶她为妻。"

第二天，召树屯来到了郎丝娜湖，按照朋友所说的办法，果真娶到了七公主。可婚后不久，部落里的巫师却告诉头领，说兰吾罗娜是妖怪变的，会

给部落带来灾难。头领最终相信了巫师的话，趁召树屯外出，赶走了七公主。

召树屯得知这件事后，伤心极了，发誓一定要找回妻子。于是，他骑上战马，带着三支有魔力的黄金箭，踏上了寻妻的征途。召树屯用第一支黄金箭射开象山，克服了重重困难，来到了孔雀公主的家乡。

孔雀国国王不愿意让召树屯带走自己心爱的女儿，就出了一道难题：他让七个女儿头顶蜡烛，站在纱帐后面，要召树屯用箭射灭兰吾罗娜头上的蜡烛，以此找出自己的妻子。召树屯用第二支黄金箭找到了妻子兰吾罗娜。孔雀国国王只好让召树屯带走了兰吾罗娜。

原来陷害兰吾罗娜的巫师是一只秃鹰变的，当他知道勇敢的召树屯回来后，吓得立刻飞上天空，准备逃走。召树屯取出最后一支黄金箭，射死了恶毒的巫师。

从此，象征和平与幸福的孔雀公主的故事就在傣族人民中流传开了。

傻公主爱尔莎

从前有对夫妇，他们管自己的女儿叫"聪明的爱尔莎"。女儿长大了，父亲说："我们该让她嫁人了。"母亲说："是啊，但愿有人来求婚。"

后来有个叫汉斯的人从远方来向她求婚，但有个条件，那就是"聪明的爱尔莎"必须是真正的聪明才行。于是，爱尔莎的父亲说："啊，她充满了智慧。"爱尔莎的母亲说："她不仅能看到风从街上过，还能听到苍蝇的咳嗽。"汉斯说："好啊，如果她不是真正聪明，我是不愿意娶她的。"

他们坐在桌边吃饭的时候，母亲说："爱尔莎，到地窖里拿些啤酒来。""聪明的爱尔莎"从墙上取下酒壶往地窖走，一边走一边把酒壶盖敲得"叮叮当当"的，免得无聊。

来到地窖，她拖过一把椅子坐在酒桶跟前，免得弯腰，弄得腰酸背疼的或出意外。然后她将酒壶放在面前，打开酒桶上的龙头。

啤酒往酒壶里流的时候，"聪明的爱尔莎"眼睛也不闲着，四下张望。她看到头顶上挂着一把丁字锄，是泥瓦匠忘在那儿的。

"聪明的爱尔莎"哭了起来，边哭边说："假如我和汉斯结婚，生了孩子，孩子大了，我们让他来地窖取啤酒，这锄头会掉下来把他砸死的！"她坐在那儿，想到将来的不幸，放声痛哭。

"聪明的爱尔莎"哭得太伤心了，完全忘了自己来地窖里是干什么的。显然，她更关心那个在将来的某一天不知是否会发生的不幸。

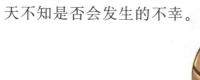

上面的人还等着喝啤酒呢，可老不见"聪明的爱尔莎"回来。母亲对女仆说："你到地窖去看看爱尔莎在做什么。难道她遇到什么麻烦了吗？"

女仆下去，看到爱尔莎在酒桶前大哭，就问："你为什么哭啊？"爱尔莎回答说："难道我不该哭吗？假如我和汉斯结婚，生了孩子，孩子大了，我们让他来地窖取啤酒，这锄头会掉在他头上把他砸死的！"女仆听了，于是说："我们的爱尔莎真是聪明！"说着就坐到她身边，也为这件不幸的事哭起来，把来地窖取酒的事忘得一干二净。

过了一会儿，上面的人不见女仆回来，又急着喝啤酒，父亲就对男仆说："你到地窖去看看爱尔莎和女仆在干什么，难道她也遇到什么麻烦了吗？"

　　男仆来到地窖，看到爱尔莎正和女仆哭成一团，觉得莫明其妙，就问："你们为什么哭啊？难道有什么不幸的事发生吗？""难道我不该哭吗？假如我和汉斯结婚，生了孩子，孩子大了，我们让他来地窖取啤酒，这锄头会掉在他头上把他砸死的！"

　　男仆于是说："我们的爱尔莎真聪明！"说着也大哭起来。

　　上面的人等男仆老等不来，父亲就对做母亲的说："你到地窖里看看爱尔莎在做什么。"母亲走下来，看到三个人都在哭，问其原因，爱尔莎对她说："如果我和汉斯的孩子将来长大了来地窖取啤酒，也许这锄头会掉下来把他砸死的！"母亲也说："我们的爱尔莎真聪明！"说完也坐下来跟他们一块儿哭起来。

丈夫在上面又等了一阵，还不见妻子回来，他口渴得厉害，就说："只好我自己下去看看了。"

他来到地窖，看到大家都在哭。问是什么原因，回答是因为将来爱尔莎的孩子上地窖来取啤酒，这把丁字锄头很可能掉下来把他砸死。于是他大声说："爱尔莎可真聪明！"他也坐下来跟大家一起哭。

汉斯独自在上面等啊等，不见一个人回来，他想："他们准是在下面等我，我也应该下去看看他们在干什么。"

他来到地窖，看到五个人都在伤心地痛哭，而且一个比一个哭得伤心，于是问："究竟发生什么不幸的事情了？""啊，亲爱的汉斯，假如我们结了婚，生了孩子，孩子大了，也许我们会叫他来地窖取啤酒。上面这把锄头可能会掉下来，砸

破他的脑袋，那他就会死在这儿。难道我们不应该哭吗？"

汉斯说："好吧，替我管家务不需要太多智慧。既然你这样聪明，我同意和你结婚。"

第二天，汉斯拉着爱尔莎的手，步入了婚姻的殿堂。然而，结婚不久，汉斯王子发现自己的妻子根本就不聪明。

一次，爱尔莎当着大臣们的面，满口胡话，嘲笑汉斯的父王是猴子变的。这激怒了汉斯的父王，最终他们双双被贬为平民，失去了富有的生活。为了维持生计，汉斯夫妇不得不辛勤劳作。

有一天，汉斯对爱尔莎说："太太，我得出门挣点钱，你到地里去割些麦子，给我做点面包带上。""好的，亲爱的汉斯，我这就去办。"

爱尔莎自己煮了一碗稠稠的粥带到麦地里。她自言自语地说："我是先吃饭还是先割麦呢？对，还是先吃饭吧。"她喝饱了粥又说："我现在是先睡觉还是先割麦呢？对，还是先睡上一觉吧。"不一会儿，她就在麦地里睡着了。

　　汉斯回到家里，等了半天也不见她回来，就想："我聪明的爱尔莎干起活来可真卖劲儿，连回家吃饭都给忘了。"到了晚上，爱尔莎还是没回来。于是汉斯来到地里，看她到底割了多少麦子。他看到麦子一点没割，爱尔莎却躺在地里睡大觉。

　　汉斯跑回家，拿了一个系着小铃铛的捕雀网罩到她身上，

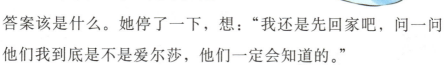

她还是没醒。汉斯回到家，关上大门，坐下来干自己的活。

天完全黑了，"聪明的爱尔莎"终于醒了。她站起来，听到周围有叮叮当当的响声，而且每走一步都听到铃铛的响声，她被吓糊涂了，不知道自己还是不是"聪明的爱尔莎"。

她问自己："我是爱尔莎吗？也许不是吧？"她不知道答案该是什么。她停了一下，想："我还是先回家吧，问一问他们我到底是不是爱尔莎，他们一定会知道的。"

她来到家门口，发现大门关上了，便敲了敲窗户，叫道："汉斯，爱尔莎在家吗？"汉斯回答说："在家。"她大吃一惊，说："上帝啊，看来我不是爱尔莎了。"

于是她走去敲别人家的门，可是人们听到铃铛的响声都不肯开门。因此，她无法找到住处。

"聪明的爱尔莎"连自己是谁都不知道。她尽力去回想一些事情，可她总是想不起那些事情发生在什么地方，什么时间，是谁做的，她更想不起自己曾做过什么，自己到底是谁。最后她只好走出了村子，人们从此再没有见到过她。

小公主的爱

　　很久很久以前，有一个老国王，他有三个美丽的女儿，长得分别像天上的太阳、月亮和星星一样夺目。老国王非常疼爱她们。三个女儿中，老大和老二都很会讨父亲的喜欢，只有老三不喜欢甜言蜜语，她是个朴实的姑娘。

　　有一天，老国王想知道三个女儿中谁最爱自己，就把她们三个叫来，对她们说："我亲爱的女儿们，你们能告诉我，你们是怎样爱我的吗？"三个公主想了一会儿，然后，大公主把脸笑成了一朵花对老国王说："亲爱的父亲，我爱您，就像爱红糖一样地爱您！"

老国王听了，立刻像吃了甜甜的红糖一样，心里甜丝丝的。他对大公主说："乖女儿，我知道你是真的爱我。"说完，他转过头问二公主："你呢？我亲爱的女儿！"二公主脸上挂着灿烂的笑容说："爸爸，我爱您就像爱蜜糖一样！"

老国王听了，心里像喝了蜜糖一样的舒服，他对二公主的回答也很满意。

轮到小公主回答了，小公主平静地看着老国王说："爸爸，我爱您就像爱盐一样。"老国王听了十分不高兴，他认为小公主不爱自己。在两个大女儿的起哄下，老国王一生气，把小公主赶出了王宫。

可怜的小公主流着眼泪走出了王宫。王后见了十分不忍，就叫侍卫偷偷将小女儿藏在了一个大烛台里，打算在天黑的时候，

再将藏有女儿的烛台偷运回宫。但意外的事情发生了，看管仓库的大臣将烛台卖到了旧货市场。

有个国家的王子，因为喜欢烛台上精致的花纹，就将它买回去放在了自己宫殿的大厅里。这时，烛台一晃，小公主从里面走了出来。王子大吃一惊，他问："你是谁，为什么在这里？"

小公主将自己的经历一五一十地讲了一遍，王子非常同情她。经过一段日子的相处，王子爱上了美丽善良的小公主，真诚地向她求婚，并带着她去见了自己的父亲。国王听说了小公主的遭遇以后，说："盐对我们来说，

　　是十分重要的东西，我一定要教训教训你那虚荣的父亲。"

　　举行婚礼的那天，国王也请了小公主的父亲来参加婚礼。宴席上，放在老国王面前的菜里只放了大量的糖和蜜，没有一点盐。

　　老国王尝了尝，甜得发腻，觉得一点儿也不好吃。这时候，他想起了小女儿的话，后悔自己做了一件愚蠢的事。

　　正在这个时候，新娘走了出来，她将一碗盐放在了父亲面前，真诚地说："爸爸，对于我，您就像盐一样重要，我爱您。"老国王看到心爱的女儿，激动极了，举起酒杯说："为最爱我的女儿干杯！"

竹林公主

　　在一个平静的小村庄里住着一对贫穷的老夫妇，他们没有子女。老公公每天都到山上去砍青翠的竹子，老婆婆就用柔韧的竹片编织美丽的竹篮。等篮子编好后，老公公便将它们带到热闹的集市去卖。

　　有一天，老公公同往常一样到山上去砍竹子。忽然，他身边不远的一株竹子发出了巨大的响声。老公公好奇地走了

过去，啊，一棵小脸盆那么粗的竹子拦腰折断了，竹子里竟然躺着一个可爱的小女婴！一直想要个孩子的老公公非常高兴，他把女婴抱回了家，和老婆婆一起精心地照顾着她。

一天天长大的小姑娘变得十分美丽，村里的祭司便为她取了一个好听的名字——佳古亚公主。长大成人的佳古亚公主吸引了众多求婚者。

这一天，从京城里来了五个男人向佳古亚公主求婚。佳古亚决定让他们每人找一样东西，谁先找到就嫁给谁。

第一个叫伊喜的男人被要求寻找的是只有印度才有的神奇石钵。但是他并没有到印度去，只在附近的山上随便捡了个石钵。

第二个叫克拉的被要求寻找一种玉做成的树枝。他也没有认真去寻找，而是找了个手艺高明的玉匠做了一个假的玉树枝。

第三个人叫阿部，他被要求寻找一件用火老鼠皮做成的外衣。他也只是随便花钱买了一件来充数。

第四个男人叫大奈，他是个胆小的家伙。佳古亚公主要他去取龙王颈上的五颗珠子。他在途中遇上了暴风雨，害怕极了，就偷偷地跑了。

最后一个叫依索，他的任务很简单，佳古亚公主只是让他爬上屋檐去摘下燕子窝来。可是他太粗心，爬上梯子还左顾右盼，结果从高处摔了下来。这样一来，这五个人都失去了追求公主的资格。以后再也没有人敢来追求佳古亚公主了。

一天晚上，天上传来了美妙的仙乐。从月亮上下来了几个宫女，她们驾着一辆马车来到佳古亚的家。佳古亚公主非常不情愿地登上了那辆华丽的马车。老公公和老婆婆眼看心爱的女儿就要离去，不禁伤心地流下了眼泪。他们哀求那些宫女："各位仙子，不要带走我心爱的女儿呀！"

　　佳古亚公主听了也哭了起来，无奈地告诉两个老人："老公公、老婆婆再见了！我是月宫的仙女，谢谢你们这些年来照顾我，但是我必须走了！"

　　最后，佳古亚公主在宫女们的保护下，缓缓地升上了天空。

　　马车越飞越高，终于没入了月亮中。老公公和老婆婆站在自己的院子里，诚心地为她祝福着。

十二个跳舞的公主

很久以前，有一位老国王，他有十二个女儿。这些公主个个长得如花似玉，貌若天仙。每天晚上，她们都在同一间房里睡觉，从来没有分开过。奇怪的是等她们都睡下的时候，国王就会悄悄地将房门锁起来。

为什么国王要这样做呢？因为十二个公主一到夜晚就会跑出去玩，这让国王实在放心不下。

然而，即使把房门锁起来，国王也不能阻止贪玩的公主们。她们一早起来，鞋子都是被磨破的样子，就像她们跳了一整夜舞似的。

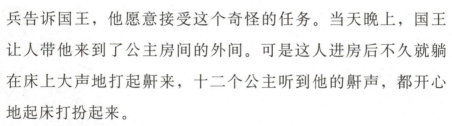

到底发生了什么事？公主们去了哪儿？没有人知道。于是，国王通告全国：谁能解开这个秘密，谁就可以娶一个他最喜欢的公主做妻子，而且可以继承王位。

一天，一个路过的老兵告诉国王，他愿意接受这个奇怪的任务。当天晚上，国王让人带他来到了公主房间的外间。可是这人进房后不久就躺在床上大声地打起鼾来，十二个公主听到他的鼾声，都开心地起床打扮起来。

公主们打扮完毕后，大公主走到自己的床前拍了拍手，那张床马上沉了下去，一扇地板门突然打开了。公主们一个接一个地钻进了地板门。老兵立即从床上跳了起来，紧跟在她们后面。原来暗道下面是座美丽的宫殿，公主们正和十二位王子一起快乐地跳舞呢！老兵偷偷地混进了宫殿，他躲在一根大柱子后面，没有任何人发现他。

公主和王子们开心地跳着舞，一直跳到天快亮了，才依依不舍地离开。老兵赶在公主们回到房间前回去了，躺在床上装睡。公主们看见他熟睡的样子，都放心地脱下跳烂了的鞋子上床休息了。

第二天，老兵又跟踪公主们去了那座宫殿。第三天晚上，他偷偷地拿走了舞会上一个精致的银酒杯。老兵告诉了国王自己所看见的一切。国王把公主们叫到面前对质。大公主看见老兵手中的银酒杯，只好承认了。

秘密终于解开了，国王问老兵想选哪一个公主做他的妻子。老兵回答："我年纪已不小了，您就把大公主许配给我吧！"他们当天就举行了盛大的婚礼，老兵还被选为王位的继承人。从此，老兵就跟大公主幸福地生活在一起。公主们再也没有去地下宫殿跳舞了，她们的鞋子也再没有烂过。